KB075941

김정선

20년 넘게 단행본 교정 교열 일을 하며 남의 문장을 다듬어 왔다.
2000년부터는 외주 교정자로 문학과지성사, 생각의나무, 한겨레출판,
현암사, 시사IN북 등의 출판사에서 교정 교열 일을 했다. 교정 교열
일을 기초부터 차근차근 익힌 적이 없어 훌륭한 편집자와 저자,
역자를 선생 삼아 배워 가며 일했다. 아니 어쩌면 다른 사람이 쓴 모든
문장을 스승 삼았는지도 모른다. 누군가의 문장을 읽고 왜 이렇게
썼을까 생각하고 다시 써 보는 것이 일이자 유일한 취미다. 이 덕분에
『동사의 맛』이라는 책을 냈으며 이후 『소설의 첫 문장』, 『나는 왜 이렇게
우울한 것일까』와 『오후 네 시의 풍경』을 더 썼다.

일러두기
본문에 나오는 낱말의 뜻풀이는 국립국어원 『표준국어대사전』을 따랐습니다.

내 문장이 그렇게 이상한가요?

내 문장이 그렇게 이상한가요?

(내가 쓴 글, 내가 다듬는 법)

김정선 지음

머리말: 문장을 다듬는 시간

남이 쓴 문장이든 내가 쓴 문장이든 문장을 다듬는 일에는 정답이 없다. 맞춤법이나 띄어쓰기처럼 맞고 틀리고를 따질 수 있는 문제가 아니기에 그렇다. 교정 교열자로서 내가 단지 어색하다는 이유로 이리저리 손보고 다듬은 문장을 저자가 마음에 들지 않는다며 원래대로 되돌려 달라고 고집하면, 그렇게 하는 수밖에 달리 방법이 없다.

"내 눈엔 전혀 어색하지 않은데요."

"아, 예에."

그러니 문장을 다듬는 일에 무슨 법칙이나 원칙 같은 게 있는 것처럼 말할 수는 없다. 이제껏 수많은 저자들의 문장을 다듬어 왔지만, 내가 문장을 다듬을 때 염두에 두는 원칙이라고는, '문장은 누가 쓰든 왼쪽에서 오른쪽으로, 위에서 아래로 순서에 따라 쓴다'뿐이다. 나머지는 알지 못한다. 굳이 알고 싶지도 않고.

그렇다고 주먹구구식으로 일하는 건 아니다. 내 마음에 들고 안 들고를 기준 삼아 남의 문장을 손보는 것도 물론 아니다. 문장 안에 반복적으로 등장하면서 문장을 어색하게 만드는 표현들은, 오답 노트까지는 아니어도 주의해야 할 표현 목록쯤으로 만들 수 있다.

바로 그 주의해야 할 표현 목록을 이 책에 담았다. 기왕이면 재미있게 읽히도록 한쪽에 소설 같은 이야기를 곁들였다. 『동사의 맛』에서 쓴 꼼수를 다시 쓴 셈이다. 서너 번 정도 시도하면 꼼수가 아니라 새로운 형식으로 인정받을 수 있으려나.

원고를 구상하고 편집자와 의견을 나누고 원고를 쓰기 시작할 무렵 한 글쓰기 강좌 담당자의 연락을 받았다. 『동사의 맛』 저자로서 일반 성인을 대상으로 강의를 해 줄 수 있겠느냐고 묻기에 원고로 구상했던 내용을 거론하며 '내 문장 속 군살 빼기'라는 제목으로 강의를 해 보고 싶은데 괜찮겠느냐고 되물었다. 그렇게 일주일에 한 번씩 5주 동안 강의를 하게 되었다. 색다른 경험이었다.

2014년 가을 뒤늦게 운전면허를 딸 때 처음으로 혼자 운전석에 앉은 적이 있다. 아마도 장내 기능 시험을 치를 때였으리라. 공포감에 휩싸일 줄 알았는데 웬걸, 더없이 편안해지는 것이 아닌가. 세상이 내게만 허락한 공간에 홀로 편안하게 앉아 있는 기분이었달까. 강의를 하면서도 비슷한 기분을 느꼈다. 낯설고 어색할 줄만 알았는데, 어쩐지 아무런 방해도 받지 않고 내가 쓴 문장과 홀로 마주한 채 한 문장 한 문장씩 다듬는 시간처럼 아주 편안했다. 아마도 미숙하기 이를 데 없는 강사를 수강생들이 따뜻하게 배려해 준 덕분이리라. 2015년 겨울을 함께한 '내 문장 속 군살 빼기' 1기 수강생들에게 이 자리를 빌려 고마움을 전하고 싶다.

　책을 만드느라 애쓴 편집자와 디자이너에게도 고맙다는 인사를 전한다. 이 책을 통해 만나게 될 '당신'과 '당신이 쓰고 다듬는 문장'에게도 고맙다는 인사와 함께 안부를 전하고 싶다.

　끝으로, 문장을 다듬기 위해 당신이 쓴 문장과 처음으로 마주하는 그 시간이 온전히 당신만의 시간이기를 바란다.

차례

첫 번째 메일: 내 문장이 그렇게 이상한가요?

내가 교정 교열 작업을 한 책의 저자에게서 메일을 받았다. 거친 문장을 잘 읽히도록 다듬어 주어 고맙다면서 혹시 문장을 다듬는 기준이 무엇인지 알려 줄 수 있겠느냐고 묻는 내용이었다.

남의 글을 다듬으며 살아온 시간이 어느덧 20여 년이니 이런 메일이 낯설다거나 놀랍다고 할 수는 없겠지만, 이번엔 뭐랄까, 분위기가 좀 달랐다. 무엇보다 자신의 글을 함부로 수정한 것에 화가 나서 쓴 메일이 아니었다. 발신인은 '내 문장을 그렇게까지 고쳐야 했습니까?' 하고 따지지 않고 '내 문장이 그렇게 이상한가요?'라고 물었다. 내 문장이 그렇게 '이상했나요'가 아니라 '이상한가요'라고 현재형으로 물은 것도 특이했다.

선배들 어깨너머로 교정 교열 일을 막 배우던 무렵, 머릿속에 문구 하나를 공식처럼 기억하고 다녔더랬다.

'적·의를 보이는 것·들'

접미사 '—적'的과 조사 '—의' 그리고 의존 명사 '것', 접미사 '—들'이 문장 안에 습관적으로 쓰일 때가 많으니 주의해서 잡아내야 한다는 뜻으로 선배들이 알려 준 문구였다. 실제로 예전엔 문장에 '적, 의, 것, 들'이 더러는 잡초처럼 더러는 자갈처럼 많이도 끼어 있었다. 잡초를 뽑아내고 자갈을 골라내듯 하도 빼다 보니 교정 교열자에게 '적의를 보이게 된 것들'이라는 뜻이기도 했고, 이쪽에서 '적의를 보이는 것들'이라는 뜻이기도 했다.

우선 사전은 접미사 '—적'의 뜻을 이렇게 풀어 놓았다.

'그 성격을 띠는', '그에 관계된', '그 상태로 된'의 뜻을 더하는 접미사.

'경제적, 정치적, 사회적, 문화적'에 쓰인 바로 그 '―적'이다. '적적적' 하는 게 영 보기 싫지만 그렇다고 무조건 다 빼 버릴 수도 없다. 우리말에 원래 없는 표현이라는 주장도 있는데, 개인적으로 '원래'를 따지는 것에 큰 의미를 두지 않아서인지 설득력 있게 들리지는 않는다. 더군다나 그 대상이 말이라면 '원래 없다'는 말만큼이나 이상한 말이 또 있겠는가. 말이 무슨 화석이 아닌 다음에야.

다만 안 써도 상관없는데 굳이 쓴다면 그건 습관 때문이리라. 가령 다음과 같은 표현처럼.

사회**적** 현상, 경제**적** 문제, 정치**적** 세력, 국제**적** 관계, 혁명**적** 사상, 자유주의**적** 경향

어쩐지 '―적'이 부담스러워 보인다. '―적'을 빼고 다시 써 보면,

사회 현상, 경제 문제, 정치 세력, 국제 관계, 혁명 사상, 자유주의 경향

훨씬 깔끔해 보인다. 그렇다고 뜻이 달라진 것도 아니잖은가. 그러기는커녕 더 분명해졌다.

함인주

함인주. 메일을 보낸 저자의 이름이다. 남자인지 여자인지 이름만으로는 구분하기 어렵다. 꼭 내 이름처럼.

아무려나 함인주 씨가 내게 자신의 문장 전체를 거론하며 그렇게 이상'하'냐고 물어 온 데는 그 나름의 이유가 있었다.

◇

외국 문학을 전공하고 대학에서 학생들을 가르치고 있지만, 한글 맞춤법에 맞는 글을 쓰려고 애쓰는 편이다. 학생들의 리포트에서 띄어쓰기나 맞춤법이 엉망인 문장을 발견하면 주저하지 않고 수정해서 돌려줄 정도로 국어 실력에 대한 자부심 또한 작지 않다. 비록 공저이긴 하지만 처음으로 책의 저자가 된다는 생각에 원고를 쓰는 내내 가슴이 뛰었다. 외국 문학을 공부한 사람은 세련된 한국어 문장을 쓰지 못한다는 이상한 편견에 사로잡힌 사람들에게 보란 듯이 제대로 된 문장을 써 보이고 싶었다.

그런데…… 1차로 수정된 교정지를 받아 보고 충격을 받았다. 다행히 맞춤법이나 띄어쓰기는 수정된 부분이 많지 않았다. 대부분 알고도 실수한 부분이라 아쉽지만 어쩔 수 없다고 받아들였다. 하지만 교열된 문장이 제법 많았다. 무엇보다 왜 굳이 수정해야 했는지 납득하기 어려웠다. 원고를 보내기 전에 스무 번도 넘게 읽은 문장들인데…….
수정된 문장이 깔끔해 보이기는 한다. 인정한다. 그래도 온전히 납득하기는 어렵다. 내 문장이 그렇게 이상하단 말인가?

조사 '—의'도 마찬가지다. 무조건 쓰지 말라고 할 수는 없다. 말은 모두의 것인데 일부 사람이 이래라저래라 하는 건 이상하잖은가. 그러니 누구도 어떤 말을 쓰라거나 쓰지 말라고 할 수 없다. 어색하거나 불필요하다고 여기면 어차피 쓰지 않을 것이다. 다만 그 결정은 모두가 오랜 시간에 걸쳐 할 터이다.

문제는 습관적으로 반복해서 쓰는 데 있다. 어떤 표현은 한번 쓰면 그 편리함에 중독되어 자꾸 쓰게 된다. '적·의를 보이는 것·들'이 대표적이다. 그러니 아예 쓰지 말라는 것이 아니라, 내가 그 편리함의 중독자인지 살피라는 것뿐이다.

가령 다음과 같은 문장은 어떤가.

1) 문제**의** 해결

2) 음악 취향**의** 형성 시기

3) 노조 지도부와**의** 협력

4) 문제 해결은 그다음**의** 일이다.

5) 이제는 모든 걸 혼자**의** 힘으로 해내야만 한다.

6) 부모와**의** 화해가 우선이다.

7) 선수들은 소속 팀에서**의** 활약 여부에 따라 올스타에 뽑힐 수 있다.

8) 그동안**의** 올바른 독서 습관을 통해 독서 체력이 튼튼해졌기 때문에 이제는 어떤 글을 읽어도 내용을 쉽게 이해할 수 있다.

앞에 나열한 문장 중 '―의'를 빼도 전혀 이상하지 않은 문장은,

1) 문제 해결

4) 문제 해결은 그다음 일이다.

5) 이제는 모든 걸 혼자 힘으로 해내야만 한다.

8) 그동안 올바른 독서 습관을 통해 독서 체력이 튼튼해졌기 때문에 이제는 어떤 글을 읽어도 내용을 쉽게 이해할 수 있다.

등이다. '―의'를 빼도 아무 문제가 없는 문장에까지 굳이 '―의'를 집어넣는 건 중독 때문이라고밖에 달리 설명할 길이 없다. 그런가 하면

2) 음악 취향이 형성되는 시기

3) 노조 지도부와 협력하는 일

6) 부모와 화해하는 일이 우선이다.

7)   선수들은 소속 팀에서 보이는 활약 여부에 따라 올스타에
      뽑힐 수 있다.

등은 '—의'를 빼는 대신 문장 일부를 다듬어 좀 더 다양한
표현을 담게 되었다.

    '—적'이나 '—의'를 반복해서 쓰는 이유는 습관이 들어
서거나 아니면 다른 표현을 쓰는 것이 귀찮아서이리라. 중
독이란 게 그렇잖은가. 습관적으로 편한 길을 택하는 것.
물론 선택은 쓰는 사람의 몫이지만.

편견

그제야 기억이 났다. 모두 다섯 명의 외국 문학 전공자들이 국내에 번역되지 않은 외국 단편 소설을 우리말로 옮기고 그보다 두 배는 될 법한 긴 해설을 곁들여 한 권으로 묶은 책이었다. 다섯 명의 저자 가운데 한 명이 함인주 씨였다. 기억하기로는 수정이 가장 적은 원고의 필자였지 싶다. 책을 많이 내 봐서 문제가 될 만한 문장을 미리 걸어낼 만큼 노련해서가 아니라, 처음 책을 내는 사람의 긴장감이 문장 곳곳에 서려 있었기 때문인 것으로 기억한다.

외국 문학 전공자들에 대한 편견? 솔직히 없다고는 말 못 하겠다. '옮긴이 해설'이나 '옮긴이의 말'에서는 멀쩡한 문장을 구사하면서 정작 번역문은 절뚝거리는 문장으로 채우는 경우가 많았다. 이게 같은 사람의 문장이라고? 늘 의심하곤 했다. 전문 번역가보다 관련 분야 연구자들이나 교수들의 문장이 더 안 좋았다. 오죽하면 해당 작가 연구로 박사 학위를 받은 사람에게는 되도록 번역을 맡기지 말라는 말이 다 있겠는가. 번역할 생각은 않고 각주를 통해 논문을 쓰려 한다는 게 편집자들의 불만이었다.

하지만 내가 그런 편견 때문에 글쓴이의 문장을 의심하는 건 아니다. 저자나 역자, 곧 글쓴이가 확신의 편에 서는 사람이라면, 나 같은 교정자는 의심의 편에 설 수밖에 없는 사람이기 때문이다. 자기 글에서 이상한 부분을 빠짐없이 짚어 낼 만큼 완벽하게 객관적인 눈을 가진 사람은 드물다. 글을 쓰기 전부터 머릿속에서 수도 없이 문장을 궁글린 데다 쓰고 나서도 여러 번 읽었을 테니 자연스레 눈에 익게 되고 마음에도 익게 된다. 확신의 편에 설 수밖에 없는 이유다. 그 확신을 독자들도 그대로 맛보게 하려면 많은 사람이 여러 번 의심해 봐야 한다. 그러니 편견은 의심할 수밖에 없는 내가 아니라 늘 확신의 편에 설 수밖에 없는 글쓴이의 몫이 아니겠는가. 자신의 문장이 아무런 문제가 없다는 편견 말이다!

의존 명사 '들'은 한자어로 치면 '등'^等에 해당한다. 사전에는 이렇게 설명돼 있다.

두 개 이상의 사물을 나열할 때, 그 열거한 사물 모두를 가리키거나, 그 밖에 같은 종류의 사물이 더 있음을 나타내는 말.

뜻풀이대로라면 다음과 같이 쓸 수 있겠다.

사과·배·포도 들이 풍성하게 열렸다.

의존 명사이니 당연히 앞말과 띄어 쓴다. 이 문장을

사과**들**과 배**들**과 포도**들**이 풍성하게 열렸다.

라고 쓰면 '들'을 의존 명사가 아니라 복수를 나타내는 접미사 '—들'로 쓴 것이다. 한눈에 봐도 어색하다. 사과와 배와 포도가 충분하다는 걸 힘주어 강조할 요량으로 굳이 써야겠다면 말릴 생각은 없지만, 대개의 경우 '—들, —들, —들'을 붙여서 좋을 건 없다. 예전엔 편집자들이 '—들'을 반복해서 쓴 원고를 '재봉틀 원고'라고 부르기도 했다. '들들 들들'만 눈에 띄니 마치 재봉틀로 바느질하는 소리가 들리 는 듯해서였다. 그만큼 우리말 문장에서 복수를 나타내는 접미사 '―들'은 조금만 써도 문장을 어색하게 만든다.

1) 사과나무들에 사과들이 주렁주렁 열렸다.
2) 모든 아이들이 손에 꽃들을 들고 자신들의 부모들을 향해 뛰어갔다.
3) 수많은 무리들이 열을 지어 행진해 갔다.
4) 문들이 열리자 그는 관람자들의 무리에 휩쓸려 전람실들이 줄지어 있는 홀 안으로 들어갔다.

한국어 문장을 이렇게 쓰는 경우는 드물다. 접미사 '― 들'을 남발하는 문장은 대부분 번역 문장이다. 출발어에 복수형으로 쓰인 걸 그대로 옮기다 보니 한국어 문장에도 '들들들'을 붙이는 것이다. 정확한 번역을 위해 그리 하는 걸 뭐라 할 수는 없겠다. 다만 옮긴 문장을 다시 한번 읽어 보고 제대로 된 한국어 문장으로 바꾸는 작업이 필요하다.

1) 사과나무에 사과가 주렁주렁 열렸다.
2) 모든 아이가 손에 꽃을 들고 자기 부모를 향해 뛰어갔다.
3) 수많은 무리가 열을 지어 행진해 갔다.
4) 문이 열리자 그는 관람객 무리에 휩쓸려 전람실이 줄지어

있는 홀 안으로 들어갔다.

훨씬 낫지 않은가. 더군다나 관형사 '모든'으로 수식되는 명사에는 복수를 나타내는 접미사 '-들'을 붙이지 않는 것이 자연스럽다. '무리'나 '떼'처럼 복수를 나타내는 명사도 마찬가지다. 이미 복수형을 하고 있는데 뭐하러 '-들'을 또 붙인단 말인가.

답장

나는 최대한 정중하게 답장을 썼다.

◇

언짢으셨다면 죄송합니다. 사심을 가지고 선생님의
문장을 손본 건 결코 아닙니다. 그게 제 일인지라 어쩔 수
없었습니다. 두어 차례 교정지를 보내 드렸을 때 지적해
주셨다면 되돌릴 수 있었을 텐데 안타깝군요. 맞춤법에
맞지 않는 표기나 오탈자 그리고 의심의 여지가 없는
비문이나 오문을 제외하고는 어떤 문장도 제 임의대로
수정하지 않습니다. 설사 제가 그리 한다 해도 편집자가
그대로 넘어가지 않을 테고요. 선생님의 문장은 맞춤법에
맞지 않는 표기나 오탈자가 적어 문장을 좀 더 세세하게 살핀
경우로 기억하고 있습니다. 아마도 제가 지나치게 열의를
보일 만큼 문장이 상대적으로(아, 물론 다른 저자들을
폄훼할 생각은 없습니다만) 좋았던 모양입니다. 다시
한번 사과드립니다. 다음에 책을 내시게 되면 그때도 제가
선생님의 글을 교정볼 수 있는 영광을 누리고 싶습니다.

다 쓰고 나서 읽어 보니 내 문장들이 한 줄로 서서 일

제히 머리를 조아리는 것처럼 보여 기분이 썩 좋지 않았다. 하지만 감기 기운이 마치 멱살을 잡듯 몸과 마음을 꽉 붙들고 놓아주지 않을 기세라, 하는 수 없이 전송을 하고 그대로 자리에 누워 버렸다.

의존 명사 '것'을 사전은 이렇게 설명한다.

① 사물, 일, 현상 따위를 추상적으로 이르는 말.
② 사람을 낮추어 이르거나 동물을 이르는 말.
③ 그 사람의 소유물임을 나타내는 말.

각각 '입을 것, 좋은 것', '못된 것, 자란 것', '내 것, 네 것'처럼 쓸 수 있다. 문제가 되는 건 ①의 용례를 변형해서 쓸 때다.

내가 살아 있다는 **것**에 대한 증거

이 문장에서는 내가 살아 있는 현상을 추상적으로 이르기 위해 '것'을 붙인 게 아니라, 명사절로 만들어 그럴듯한 주어로 보이게 하려고 붙인 것이다. 그러다 보니 '—에 대한'이 쓸데없이 들어가 버렸다.

내가 살아 있다는 증거

빼 보면 쓸데없다고 말하는 이유를 금방 알게 된다(좋은 문장은 주로 빼기를 통해 만들어진다).

그런가 하면 주어가 아니라 목적어를 만들기 위해 '것'을 붙이는 경우도 있다.

인생이라는 **것**을 딱 부러지게 정의하기 어렵다면……

'인생을 딱 부러지게 정의하기 어렵다면……'이라고 쓰면 되지 않을까.

그래도 여기까지는 그나마 읽어 줄 만하다. 한 문장에 '것'을 여러 번 쓰는 경우에 비하면.

상상하는 것은 즐거운 것이다.

이 짧은 문장에 '것'을 두 번이나 썼다. 틀렸다는 것이 아니다. 심지어 이렇게 쓸 수도 있다.

상상하는 **것**은 즐거운 **것**이라고 말하는 **것**을 이해해 주는 **것**에서부터 상대에게 한 발짝 더 다가가는 **것**을 시작할 수 있다는 **것**이 내가 주장하는 바로 그**것**이다.

아무 문제 없다. 읽다 보면 어쩐지 리듬감이 느껴지기까지 한다. 문제는 이런 식으로 계속 쓸 수 없다는 데 있다.

한 번 정도라면 강렬한 인상을 줄 수 있겠지만 늘 이렇게 쓴다면 장난이 될 것이다.

상상은 즐거운 것이다. (또는) 상상은 즐거운 일이다.

'것'을 모두 빼거나 한쪽에만 써도 훨씬 깔끔해 보인다.

사랑**한다는 것**은 서로를 배려**한다는 것**이다.

이 문장은 '것'도 모자라 '한다는'까지 덧붙여 반복한 경우다. 얼마나 중독성이 강하면 이 짧은 문장에 두 번이나 썼겠는가. '―한다는'은 '것'뿐만 아니라 '―한다고 하면', '―한다고 했을 때'처럼 여러 표현과 함께 쓰이기 때문에 따로 다뤄 줘야 할 정도다. '―한다'에 '―는, 따위'를 붙이면 무슨 간접 화법처럼 보이는데(실제로 '사랑한다라는 것은' 이나 '사랑한다라고 하는 것은'이라고 쓰는 경우도 있다), 몹시 어색하다.

사랑이란 서로를 배려하는 것이다.

물론 '사랑한다는 것은 서로를 배려하는 것이다'라고 써도 문제는 없다. 일부러 '것은'과 '것이다'를 반복해 써서 강조한 느낌이 들기도 한다. 하지만 습관처럼 반복해서 쓰면 문장이 어색해진다.

감기

끙끙 앓았다.

환절기만 되면 감기를 독감처럼 앓는다. 머리부터 발끝까지 식은땀으로 흠뻑 젖은 채 누워 있다가 휴대 전화 알림 소리에 가까스로 몸을 일으켰다. '『동사의 맛』 김정선 저자에게'로 시작하는 강연 의뢰 문자였다. 상세한 내용은 메일로 보냈으니 확인 바란다는 부탁으로 끝을 맺었다. 출판사 편집자에게 미리 연락을 받은 터라 대충 내용은 알고 있었다.

몸을 반쯤 일으켜 잠깐 문자를 확인했을 뿐인데 마치 지구를 짊어졌다 내려놓기라도 한 것처럼 온몸이 덜덜 떨렸다. 메일은 나중에 확인하기로 하고 다시 자리에 누웠다. 나도 모르게 잠이 들었는데, 잠결에도 내가 뭐라고 헛소리를 지껄이는 게 다 느껴졌다.

여섯 살 무렵이었던가. 약국집 친구가 집에서 포도주를 담근다며 구경 가자고 꼬이는 바람에 놀러 간 적이 있다. 친구 집에 가 보니 포도주 담그는 일은 이미 다 끝난 뒤였다. 어느새 불콰해진 친구 엄마가 친구는 물론 싫다고 버티는 나까지 무릎에 누이고 포도주를 한 대접이나 억지로 먹였다. 그러고는 까르르까르르 웃었다. 이상한 아줌마였다. 나는 집에 가겠다고 말하고 친구 집을 나와서는 육교를 건너고 어느 집 대문 앞에 주저앉아 잠이 들어 버렸다. 깨어 보니 우리 집이었다. 외할머니 말에 따르면 꼬박 이틀을 끙끙 앓았단다.

그때 꾸었던 꿈을 지금 다시 꾸고 있었다. 그러니까 오래된 꿈을 다시 꾸는 셈이었다.

비단처럼 부드러운 바닥을 엉덩이로 미끄러져 내려가다가 자갈밭처럼 울퉁불퉁한 길을 역시 엉덩이를 쿵쿵 찧어 가며 미끄러지는 꿈이었다. 비단 길이었다가 자갈밭이었다가 다시 비단 길이었다가 자갈밭이었다가…….

꿈은 말하고 있었다. 네 삶은 비단 길이었다가 자갈밭이었다가 다시 비단 길이었다가 자갈밭일 것이다. 아니, 꿈은 이렇게 말했던 것이 아닐까.

삶은 엉덩이다, 알겠느냐?

'것'이 얼마나 중독성이 강한지는 다음 문장을 보면 알수 있다.

1) 우리가 서로 알고 지낸 **것**은 어린 시절부터였다.

2) 친구들과 같이 있었다는 **것**을 이야기했지만 선생님은 내 말을 믿지 않았다.

3) 우리에게 그**것**은 미래적인 **것**을 의미했다.

4) 그가 무슨 말을 듣고 싶은 **것**인지 판단하기 어려웠다.

5) 나는 이 도시가 내 고향인 **것**처럼 생각되었다.

6) 위로의 말과 도움의 손길이 지금 우리에게 가장 필요한 **것**이라고 말할 수 있습니다.

7) 그제야 비로소 나는 내가 느낀 분노의 강도가 얼마나 엄청난 **것**이었는지 깨달을 수 있었다.

8) 실패한다는 **것**은 단지 출구를 찾지 못했다는 **것**일 뿐이다.

9) 그가 자신은 별로 한 **게** 없다고 말한 **것**은 겸손을 부리는 **것**과는 달랐다.

10) 노래를 잘 부른다는 **것**이 무엇인지 딱 꼬집어 말한다는 **것**은 굉장히 어려운 문제다.

11) 이러한 변화는 놀랍고 가히 혁명적인 **것**이라 해도 과언이

아니다.

이 정도면 모든 문장이 '것'에서 시작해서 '것'으로 끝난다고 해도 지나치지 않다.

우선 첫 문장은 '우리'를 주어로 쓰지 않고 '알고 지낸 것'을 주어로 쓰려다 보니 문장이 어색해졌다. '것'을 주어로 쓸 때는 다시 한번 문장을 살펴보고 꼭 그럴 수밖에 없을 때만 쓰는 게 좋다.

1) 우리는 어린 시절부터 서로 알고 지냈다.

둘째 문장은 '것'을 목적어로 두려다가 문장을 이상하게 만들었다. 주어를 만들 때나 목적어를 만들 때나 공통점은 '것'을 이용해 명사구나 명사절을 꾸미려다 무리수를 둔 것인데, 굳이 그래야 할 필요는 없다.

2) 친구들과 같이 있었다고 이야기했지만 선생님은 내 말을 믿지 않았다.

셋째 문장은 앞에서 살펴본 접미사 '—적'과 의존 명사 '것'이 함께 쓰인 경우다. '미래적'이라는 표현도 어색하지만 거기에 '것'까지 붙이니 감당할 길이 없어진다.

3) 우리에게 그것은 미래를 의미했다.

넷째 문장부터 일곱째 문장까지는 '것'을 빼야 자연스러워지는 예문들이다.

4) 그가 무슨 말을 듣고 싶어 하는지(했는지) 판단하기 어려웠다.
5) 나는 이 도시가 내 고향처럼 여겨졌다.
6) 위로의 말과 도움의 손길이 지금 우리에게 가장 필요합니다.
7) 그제야 비로소 나는 내가 느낀 분노의 강도가 얼마나 컸는지 깨달을 수 있었다.

여덟째 문장은 앞에서 말한 '―한다는 것'을 쓴 경우다. 대개 문장 앞에 '―한다는 것'을 쓰면 뒤에서도 '것'을 쓰게 된다. '―한다는 것'이 문장을 어색하게 만드는 이유다.

8) 실패란 단지 출구를 찾지 못한 것일 뿐이다.

아홉째 문장은 '것'이 세 번 쓰인 특이한 경우다. 어색하다고 느꼈는지 글쓴이도 앞부분은 '것이'를 '게'라고 줄여 썼다. 기왕이면 '것'을 주어로 쓰려는 시도를 포기했더라면 더 좋았을 것을.

9) 그는 단지 겸손을 부리느라 자신은 별로 한 것이 없다고 말한 게 아니었다.

열째 문장에서는 뒤의 '것'뿐만 아니라 그 '것'이 거느리는 '굉장히'라는 부사도 거슬린다. 그리고 열한째 문장은 '놀랍고 가히 혁명적인 것'이라는 표현이 어색하다. 과연 두 형용사가 병렬로 쓰일 만할까?

10) 노래를 잘 부르는 게 무엇인지 딱 꼬집어 말하기는 무척 어렵다.
11) 이러한 변화는 놀라울 정도여서 가히 혁명적이라 해도 지나치지 않다.

한편 앞일을 예상하거나 다짐할 때도 유난히 '것'을 많이 쓴다.

12) 내일은 분명히 갈 **것**이라고 믿었다.
13) 쫓아오는 사람이 있을 **것**이라고는 생각도 못 했다.
14) 앞으로 정치에 냉소적이거나 무관심한 것이 자랑인 것처럼 여기며 살지는 않을 **것**이라는 결심을 했죠.

이럴 땐 '것이라고'나 '것이라는'을 '—리라고' 또는 '—겠다고'로 바꾸어 쓰면 좀 더 부드러워진다.

12) 내일은 분명히 가리라고 믿었다.
13) 쫓아오는 사람이 있으리라고는 생각도 못 했다.
14) 앞으로 정치에 냉소적이거나 무관심한 것을 자랑처럼 여기며 살지 않겠다고 결심했죠.

예문에서 보듯 스스로 다짐할 때는 '—겠다고'를 붙이는 것이 더 자연스럽다.

꿈

꿈이 말한 대로 나는 이제껏 엉덩이로 살아왔다. 의자에 엉덩이를 붙이고 앉아 글자 하나하나를 들여다보는 게 내가 하루를 보내는 방식이니까.

처음 일을 배울 때부터 20여 년이 지난 지금에 이르기까지 교정 교열 일이 내게 딱 맞는 일이라고 확신해 본 적이 단 한 번도 없다. 엉덩이가 무거워서 이런 일을 하고 있는 게 아니라 이런 일을 하다 보니 엉덩이가 무거워 보이는 것뿐이다. 엉덩이가 무거운 척하며 살다 보니 마음에도 무거운 돌 하나 얹어 둔 것처럼 답답하고 소화도 잘 안 되는 걸 보면, 역시 이 일은 내게 맞지 않는 모양이다.

아무려나 꿈이 말한 대로라면 비단 길은 다듬을 게 거의 없어 번쩍번쩍 빛이 날 지경인 원고를 말할 테고, 자갈밭은 파랗거나 빨갛게 수정한 흔적으로 온통 뒤덮이다시피 한 원고를 말할 테다. 실제로도 비단 길 같은 원고와 자갈밭 같은 원고를 왔다 갔다 한다.

하지만 꿈은 반만 맞혔다. 비단 길 같은 원고는 일할 때는 편하지만 막상 교정지를 가져다줄 땐 편집자 눈치를 보게 된다. 제대로 일하지 않은 것처럼 보여서이기도 하지만, 설사 제대로 했다 해도 수정한 흔적이 별로 없으면 대가를 받기가 미안해지는 게 인지상정이니까.

"무슨 그런 말씀을 하세요. 새빨갛게 수정해야 하는 원고라고 교정비를 두 배 세 배 받는 것도 아니잖아요. 뜨내기로 일하는 것도 아닌데, 이런 원고도 있고 저런 원고도 있는 거죠."

하긴 편집자 말이 맞다. 게다가 책이 나온 뒤에 오탈자가 발견돼서 곤혹스러워지는 원고는 대개 자갈밭 쪽이 아니라 비단 길 쪽일 때가 많다. 그래서일까. 차라리 수정이 많은 원고가 마음 편하기도 하다. 몸이 불편하면 마음은 편하고 몸이 편하면 마음은 불편한 것처럼. 몸이 비단 길을 미끄러지면 마음은 자갈밭을 지나고, 몸이 자갈밭을 지나면 마음은 비단 길을 미끄러진달까.

'있다'는 동사이기도 하고 형용사이기도 하다. 동사일 때는 동작을, 형용사일 때는 상태를 나타낸다.

가령 '오늘은 하루 종일 집에 있었다', '그 회사만 한 데도 없으니 나오지 말고 그냥 있어', '움직이지 말고 가만히 있어', '좀 있으면 밥 먹을 텐데 무슨 간식이야' 등에 쓰인 '있다'는 동사다.

한편 '날지 못하는 새도 있다', '그 사람과 만난 적이 있다', '오늘 회식이 있다', '그 정도야 얼마든지 할 수 있다', '있는 집 자식이라 돈을 잘 쓴다', '이 집에는 다락방도 있다', '그 말 근거가 있는 거야?' 또는 '그는 서울에 있다', '그는 대학에 교수로 있다', '나한테 100만 원이 있다', '태기가 있다' 등에 쓰인 '있다'는 형용사다.

동작일 땐 동사고 상태일 땐 형용사라고 했지만 구분해 쓰기가 말처럼 쉽지 않다. 문장 안에 쓰인 '있다'를 '있어라'로 바꾸어도 이상하지 않으면 동사, 이상하면 형용사라고 생각하면 그나마 좀 쉽게 가릴 수 있으려나.

'있다'는 그 밖에 보조 동사로 쓰기도 한다. '가고 있다', '먹고 있다', '피어 있다', '깨어 있다'에 쓰인 경우다.

다만 행위가 진행될 수 없는 동사에 보조 동사 '있다'

를 붙일 수는 없다. 가령 '출발하고 있다', '도착하고 있다', '의미하고 있다' 등은 각각 '출발했(한)다', '도착했(한)다', '의미했(한)다'라고 써야 한다. 출발이나 도착, 의미 따위는 하거나 안 하거나이지 하는 상태를 줄곧 유지할 수 있는 행위가 아니기 때문이다.

지금까지는 문법 이야기였고 이제부터는 문법적으로는 문제가 없지만 어쩐지 어색해 보이는 문장들을 살펴볼 차례다.

멸치는 바싹 말라 **있는** 상태였다.

보조 동사로 쓰는 '있다'를 '상태'라는 명사, 곧 체언을 꾸미는 관형어로 만들어 썼다. 이럴 때 '있는'은 굳이 쓰지 않아도 되는 '있는'이다. 왜냐하면 관형사형은 본동사 '마르다'만 가지고도 얼마든지 만들 수 있기 때문이다.

멸치는 바싹 마른 상태였다.

보조 용언, 그러니까 보조 동사나 보조 형용사처럼 보조해 줄 낱말을 덧붙일 때는 당연히 이유가 있어야 하고 그 효과를 봐야 한다. 그렇지 않다면 '보조'라고 말할 수 없을 테니 말이다. 차라리 없느니만 못하다면 괜한 짓을 하는 것 아닌가. 한 글자라도 더 썼을 때는 문장 표현이 그만큼 더 정확해지거나 풍부해져야지, 외려 어색해진다면 빼는 게 옳다.

1) 눈으로 덮여 **있는** 마을

2) 그림을 그리고 **있는** 거리의 화가들 옆에서 그 모습을 지켜보고 **있는** 시민들

3) 분명한 것은 우리가 서로 존중하고 **있다는** 점과 상대에게 기쁨을 주고 **있다는** 점이다.

4) 도시 끝에 자리 잡고 **있는** 거대한 기념비

5) 그는 영화에서 부모에게 원한을 품고 **있는** 인물로 그려졌다.

한국어 문장만 20여 년 넘게 다듬어 왔는데, 이제까지 써서는 안 되는 잘못된 낱말이나 표현 때문에 문장이 이상하거나 어색해진 경우는 본 적이 없다. 왜냐하면 써서는 안 되는 낱말이나 표현 같은 건 없기 때문이다. 있어야 할 자리에 있지 못하고 엉뚱한 자리에 끼어들어서 문제가 될 뿐이지 그 자체로 문제가 되는 낱말이나 표현 같은 건 없다.

가령 요즘 인터넷에서 자주 틀리는 표현으로 거론되는 '어의없다'도 '어이없다'로 고쳐야 하지만, 그렇다고 '어의'나 '없다'가 한국어에 존재해서는 안 되는 낱말은 아니다. 어의는 한자를 병기하면 궁중 의사인 '어의'御醫를 뜻하

는 낱말이니 '어의가 없다'고 쓰면 (다른 문장에서) 얼마든지 제 역할을 할 수 있다. 그러니 내가 지우고 잘라 낸 낱말이나 표현들도 경우에 따라서는 문장 안에서 얼마든지 빛나는 역할을 할 수 있다.

'있는' 혹은 '있다는' 또한 마찬가지다. 반드시 제거해야 할 바이러스가 아니다. 가령 '지금 우리 모임에서 총무를 맡고 있는 사람이 바로 내 동생이다', '아이들이 차도에서 놀고 있다는 말에 깜짝 놀랐다'처럼 얼마든지 문장 안에서 중요한 역할을 할 수 있다.

하지만 안타깝게도 앞에 열거한 문장들에서는 '있는'이나 '있다는'이 제 역할을 하지 못할 뿐만 아니라 읽는 데 방해가 된다. 그렇다면 빼는 것이 낫다.

1) 눈으로 덮인 마을
2) 그림을 그리는 거리의 화가들 옆에서 그 모습을 지켜보는 시민들
3) 분명한 것은 우리가 서로를 존중하고 상대에게 기쁨을 준다는 사실이다.
4) 도시 끝에 자리 잡은 거대한 기념비
5) 그는 영화에서 부모에게 원한을 품은(품게 되는) 인물로 그려졌다.

두 번째 메일: 뭔가 오해를 하신 모양이네요

메일을 확인한 건 이틀 뒤였다. 어릴 때처럼 정확히 이틀을 꼬박 앓은 셈이다. 이를 악물고 앓았던 모양인지 입 안 한쪽이 헐었고, 몸은 연신 한쪽으로 기우뚱 쏠리듯 어지러웠다.

강연 담당자가 보낸 메일을 확인하기 위해 메일함을 열었다가 '함인주입니다'라는 제목의 메일을 발견했다.

◇

뭔가 오해를 하신 모양이네요. 저는 선생님을 탓하고자 메일을 보낸 게 아닙니다. 그럴 의도였다면 편집자에게 연락했거나 아니면 말씀하신 대로 책이 나오기 전에 조치를 취했겠죠. 지난번 메일에 적은 대로 제 문장을 손봐 주셔서 고맙다는 인사를 드리고 싶었고, 또 제 문장이 어땠는지 궁금했을 뿐입니다. 오랫동안 여러 필자의 글을 손보신 분이니 제가 쓴 문장을 정확하게 평가해 주실 수 있겠다 싶었죠. 더불어 제 문장을 손보신 부분에 대해서도 설명을 듣는다면 제게 큰 도움이 될 것 같았습니다. 물론 납득이 되지 않는 부분도 있지만 그거야 제가 그쪽 전문가가 아니니 그럴 수 있는 것 아니겠습니까?

메일을 보내기 전에 어떻게 받아들이실까 싶어 걱정했는데
아니나 다를까 제 의도가 제대로 전달되지 않았군요.
제 불찰입니다. 기분 나쁘셨다면 사과드리겠습니다.

길 끝으로 작은 숲이 이어지고 **있었다**.

이처럼 술어에 별 의미 없는 '있었다'를 쓰는 경우가 의외로 많다.

길 끝으로 작은 숲이 이어졌다.

이렇게만 써도 충분히 뜻을 전할 수 있는데 굳이 '있었다'를 덧붙이는 이유는 뭘까?

우리는 더 이상 걱정하지 않고 **있었다**.

'우리는'이라는 주어가 원하는 술어는 '않았다'이지 '않고 있었다'가 아니다. '않고 있었다'의 '있었다'는 그저 사족일 뿐이다.

우리는 더는 걱정하지 않았다.

항상 깨끗한 상태에 **있었다**.

앞 문장은 주어가 뭔지 모르겠지만 늘 청결을 유지했거나 아니면 깔끔하게 정리된 상태를 유지했던 모양이다. 지금도 그러는지는 모르겠지만.

늘 깨끗한 상태였다. (또는) 늘 깨끗한 상태를 유지했다.

바꿔 보면 바꾸기 전 문장에 덧붙인 '있었다'가 아무런 역할을 하지 못한다는 걸 알 수 있다. 문장의 주인은 문장을 쓰는 사람이 아니라 문장 안에 깃들여 사는 주어와 술어다. 주어와 술어가 원할 때가 아니라면 괜한 낱말을 덧붙이는 일은 삼가야 한다.

회원들로부터 정기 모임 날짜를 당기라는 요청이 **있었다.**

형용사 용법으로 쓰인 '있다'지만 어색하기 짝이 없다. 이런 문장은 '있다'를 쓰려다가 문장을 어색하게 만든 경우가 아니라, 주어를 분명하게 적시하지 않으려다 문장을 어색하게 만든 경우다. 이 문장에서 주어는 당연히 '회원들'이다. 요청을 한 주체가 그들이니까. 그런데 문장에서는 의미의 주체(주어)인 '회원들'과 객체(목적어)인 '요청'을 똑같이 취급했다. '회원들'을 분명하게 드러내기가 부담스러워서 '요청이 있었다'라는, 주어와 술어를 갖춘 절을 굳이 만든 것일까? 그렇다면 글쓴이는 설령 문제가 되더라도 요청을 한 회원들이 아니라 '요청'에 책임을 물어야 한다는 태도를 은연중에 드러낸 셈일까? 이런 말도 안 되는 억측을 해야 할 정도로 사람들이 이런 식의 문장을 생각보다 자주 그리고 많이 쓴다.

회원들이 정기 모임 날짜를 당기라고 요청했다.

이렇게 쓰면 정말이지 뭔가 찜찜한 걸까? 이해하기 어렵다.

그 제안에 대한 검토가 **있을** 예정이다.

마찬가지다. '그 제안을 검토할 예정이다'라고 쓰면 검토의 주체가 드러나는 것이 부담스러워서인지 아예 '검토'를 주어로 만들어 버렸다. 이런 게 이른바 '쿨한' 문장이라고 여기는 모양이다. 한 발짝 물러서서 아무도 건드리지 않고 그저 객관적인 사실을 전할 뿐이라는 태도. 하지만 앞서 말한 대로 문장의 주인은 문장을 쓰는 사람이 아니라 주어와 술어라는 사실을 늘 염두에 두어야 한다. 그러니 문장을 통해서 '쿨해질' 수 있는 건 글쓴이가 아니라 주어와 술어일 뿐이다.

매주 토요일에는 지원자를 대상으로 한 이발 연습이 **있었다.**

모임의 목적은 회원들이 좀 더 소통하는 자리를 마련하는 데 **있었다.**

'이발 연습'은 '하는' 것이지 '있는' 것이 아니다. '목적'이 '있었다'라고 쓰는 것도 마찬가지다. '목적'은 어딘가에 놓아두는 것이 아니라 뭔가를 하는 것이 아닌가. 그러니 '있다'보다는 '하다'가 더 어울린다.

매주 토요일에는 지원자를 대상으로 이발 연습을 했다.

모임의 목적은 회원들이 좀 더 소통하는 자리를 마련하는 것이었다.

이처럼 '있었다'를 써 버릇하면 아무 데나 쓰게 된다. 가령,

런던에서 **있었던** 사고 때문에 귀국이 늦어졌다

와 같은 문장은 '런던에서 생긴(겪은, 터진, 맞닥뜨린) 사고 때문에 귀국이 늦어졌다'와 같이 얼마든지 다른 표현으로 바꿔 쓸 수 있다. 게다가 '있었던', '늦어졌다'처럼 한 문장에 과거형을 두 번이나 쓰지 않아도 되니 더 낫지 않

은가.

국수

자리를 털고 일어났지만 여전히 기운이 없고 어지러웠다. 아무리 감기를 달고 살아왔대도 이런 적은 없었는데, 이상했다. 덩달아 입맛까지 잃어 밥도 먹지 못하고 집을 나섰다.

동네 전철역까지 천천히 걸어가는데 얼마 전 문을 연 국숫집이 보였다. 간판에 '국수집'이라고 쓰여 있었다. 유리문 안을 살펴보니 손님이 하나도 보이지 않았다. 가을 햇살만이 마치 단체 손님인 듯 한쪽 자리를 차지한 채 무표정하게 앉아 있었다.

잔치국수나 한 그릇 먹고 갈까?

문을 열고 들어서니 주인아주머니가 주방에 서서 웃지도 않고 어서 오라며 멀건 인사를 건넸다. 주문을 하며 자리에 앉는데, 이런, 엉덩이가 척척해지는 느낌에 화들짝 놀라 다시 일어섰다.

"저런, 아까 꼬마 손님들이 왔었는데 물을 쏟은 모양이네요, 어쩌죠?"

아주머니는 놀란 얼굴로 그렇게 말할 뿐 수건 한 장 가져다주지 않았다. 주문한 국수를 만드느라 분주해 보였다. 하는 수 없이 냅킨으로 물기를 닦고 손수건을 꺼내 의

자에 깐 다음 그 위에 앉았다.

그제야 실내를 둘러보니 한쪽 벽에 요리 학원 이름이 적힌 벽시계가 보였다. 어쩐지, 요리 학원에서 배우고 이제 막 식당을 여신 모양이구나. 그 순간 기대가 가라앉으며 가을 햇살과 벽시계 그리고 척척해진 엉덩이까지 합세해서 나를 놀리는 것만 같았다.

잠시 후 국수가 나왔다. 보기에는 먹음직스러웠지만 나는 끝내 의심을 거두지 못하고 천천히 먹을 요량으로 국수를 조금씩 입에 넣고 오물거렸다. 하지만 그렇게 깨작거린 것도 잠시, 나는 어느새 그릇을 들고 국수를 후룩후룩 들이켜기 시작했다. 잔치국수는 척척한 엉덩이며 벽시계며 한쪽에서 무표정하게 바라보고 있는 가을 햇살을 모두 잊게 만들 만큼 맛있었다. 후후 불어 가며 국수는 물론 국물까지 다 들이켜고 나니 기운이 좀 나는 듯했다.

"잘 먹었습니다. 국수가 정말 맛있네요!"

내 인사치레에 주인아주머니는 역시 어색한 미소만 지을 뿐 별 반응을 보이지 않았다. 어쨌든 기운이 나니 됐다. 나는 교정지가 든 가방을 다시 메고 전철역으로 향했다.

'있다'가 반복적으로 쓰이는 대표적인 표현은 '—관계에 있다', '—에(게) 있어', '—하는 데 있어', '—함에 있어', '—있음(함)에 틀림없다' 정도다. 앞에서 살펴본 '있다'와 달리 이들 표현에서 쓰인 '있다'는 누군가 멀쩡한 문장에 일부러 끼워 넣은 것처럼 보인다. 쓸데없는 장식 같달까.

일각에서는 외국어에서 온 표현이니 쓰지 말아야 한다고 주장하기도 하는데, 한국어 이용자가 수억 명 정도 된다면 모를까 기껏해야 1억 명도 안 되는 현실에서 언어 순혈주의를 고집하다가는 자칫 고립을 자초할 수도 있다. 외국어에서 온 표현이라도 더 다채로운 한국어 표현을 위해 필요하다면 얼마든지 쓸 수 있을 뿐만 아니라 외려 장려해야 하지 않을까.

다만 한국어 표현을 어색하게 만든다면 굳이 쓸 필요 있겠는가. 앞에서도 말했듯이 한 글자라도 더 썼다면 그만한 효과가 문장에 드러나야 한다. 게다가 다른 언어에서 빌려 온 표현을 쓰기까지 했다면 더 말할 필요 없겠다.

● ― 관계에 있다

1) 가까운 **관계에 있었다.**
2) 그 여배우와 친밀한 **관계에 있는** 영화 관계자의 말에 따르면

액세서리 같은 걸 해 본 적이 없어서인지 문장에서도 액세서리 같은 표현이 달라붙어 있으면 저절로 눈살이 찌푸려진다. 지나친 장식처럼 보이는 게 사실이다.

'가까운 관계에 있었다'를 '가까웠다'로 바꿔 보면 알 수 있다. 내용물보다 장식이 더 크고 요란했다는 것을. '가까운 사이였다'로 바꿔도 마찬가지고, 굳이 '관계'를 넣어야겠다면 백번 양보해서 '가까운 관계를 유지했다'로 바꿔도 달라질 게 없다.

두 번째 문장도 마찬가지다. '관계에 있는'을 빼 보면 누군가 일부러 끼워 넣은 것 같다는 말을 충분히 이해할 수 있으리라.

1) 가까웠다. (또는) 가까운 사이였다. (또는) 가까운 관계를 유지했다.
2) 그 여배우와 가까운 영화 관계자의 말에 따르면

● —에게 있어

1) 그에게 있어 가족은 목숨보다 더 중요한 것이었다.

2) 나에게 있어 봄은 모란에서 시작되고 끝이 났다.

3) 경기에 있어서 가장 중요한 점은 상대 팀의 전력을 정확하게 파악하는 것이다.

한국어 문장에 '있다'가 거의 중독 수준으로 남용된다는 걸 말해 주는 문장들이다. 사람들이 이처럼 '있다'를 남용하는 이유는 뭘까? 혹시 말을 길게 끌듯이 글 또한 길게 끌면서 다음 문장을 쓰기 전에 시간 여유를 갖기 위해서일까. 가령 '저는 좀 다릅니다'라거나 '제 경우는 좀 다르네요'라고 쓰지 않고 굳이 '저 같은 경우는 좀 다릅니다'라고 쓰는 것처럼 말이다. '저 같은 경우'라고 씀으로써 '저'와 '경우'가 동격이 되는 어처구니없는 사태를 초래하면서까지 '같은 경우'를 고집하는 것 또한 중독이라고밖에 달리 표현할 수 없을 테니까.

그게 아니라면 앞에서 말한 것처럼 장식 효과를 보려는 것일 테다. 하지만 안타깝게도 '있다'는 장식으로도 전혀 효과를 내지 못하는 표현이다. 빼 보면 알 수 있다. 허전한지 외려 더 깔끔한지.

1) 그에게 가족은 목숨보다 더 중요했다.

2) 내게 봄은 모란에서 시작하고 끝났다.

3) 경기에서 가장 중요한 점은 상대 팀의 전력을 정확하게 파악하는 것이다.

● ─하는 데 있어

1) 그 문제를 다루**는 데 있어** 주목해야 할 부분은 무엇보다 비용이다.

2) 살아가**는 데 있어** 가장 중요한 것은 무엇일까?

3) 공부하**는 데 있어** 집중력만큼 중요한 것도 없다.

'데'라는 의존 명사에 이미 '곳'이나 '장소', '일', '것', '경우'의 뜻이 다 들어 있다. 일부러 앞말과 띄어 쓰면서까지 그 많은 뜻을 전하려고 애쓰는 낱말인데 굳이 '있어서'를 붙여서 망신을 줄 필요가 있을까? 사람은 물론이거니와 말도 예의를 지켜 가며 써야 한다.

1) 그 문제를 다룰 때 주목해야 할 부분은 무엇보다 비용이다.

2) 살아가는 데 가장 중요한 것은 무엇일까?

3) 공부하는 데 집중력만큼 중요한 것도 없다.

● ─함에 있어

1) 누군가를 비난**함에 있어서**와 마찬가지로 누군가를 칭찬**함에 있어서**도 과도한 표현은 삼가야 한다.

2) 사교육을 받고 대학에 간 부모는 자식을 교육**함에 있어서**도 사교육을 필수적으로 생각하는 경향이 있다.

3) 글을 **씀에 있어서** 맞춤법보다 더 중요한 것은 다른 사람이 아닌 나를 표현하는 문장을 쓰는 것이다.

　　앞에서는 '있었다'를 의존 명사 '데'에 붙였는데 이번엔 명사형에 붙였다. '것'에서도 그러더니 '있다'에서도 명사형이 문제다. 이쯤 되면 억지로 명사형을 만들어 쓰는 것이 우리말에는 어울리지 않는다는 걸 눈치챘으리라. 아래 다시 쓴 문장들과 비교해 보자. 어느 쪽이 더 자연스러운지.

1) 누군가를 비난할 때와 마찬가지로 누군가를 칭찬할 때에도 지나친 표현은 삼가는 게 좋다.

2) 사교육을 받고 대학에 간 부모는 자식을 교육하면서도(자식 교육에) 사교육이 필수라고 여기는 경향이 있다.

3) 글을 쓰는 데 맞춤법보다 더 중요한 것은 다른 사람이 아닌 나를 표현하는 문장을 쓰는 것이다.

● ― 있음(함)에 틀림없다

1) 그의 말은 일전에 언급한 내용과 관련이 **있음에 틀림없다**.
2) 이러한 사실에 비추어 볼 때 그는 남에게 폐를 끼칠 사람이 **못 되었음에 틀림없다**.
3) 두 나라의 정상은 회담을 연기하면서 국회에 동의를 **구했음에 틀림없다**.

　'틀림없다'라는 표현을 쓰기 위해 억지로 명사형을 꾸며 문장 전체를 어색하게 만들었다. 배보다 배꼽이 크고 개 꼬리가 개를 흔드는 꼴이다. 이처럼 '있었다'뿐만 아니라 '틀림없다' 또한 중독성이 강해 자칫 문장을 어색하게 만들 수 있으니 가려 써야 한다.

1) 그의 말은 자신이 일전에 언급한 내용과 관련이 있는 게 분명했다.
2) 이러한 사실에 비추어 볼 때 그는 분명 남에게 폐를 끼칠 사람이 못 된다.
3) 두 나라 정상은 회담을 연기하기 전에 국회에 동의를 구한 게 분명하다.

교정지

출판사에 도착해 편집자를 만나서 작업한 교정지를 건네주었다. 저자에게 문의할 내용이며 수정 사항을 설명하고 나서 다음 일정을 의논한 뒤 이번엔 편집자가 내게 교정지 한 묶음을 건넸다.

"다행히 보관해 두고 있었네요. 그런데…… 지난 교정지는 왜 찾으시는 건가요?"

"그냥 확인하고 싶은 게 좀 있어서요. 문제가 되진 않겠죠?"

편집자가 나를 가만히 쳐다보았다.

"이걸로…… 문제가 될 만한 일을 하실 건가요?"

"네?"

괜스레 가슴이 뛰었다.

"농담입니다. 문제는요 무슨. 이미 책으로 나온 건데요. 그런데…… 함인주 선생님 부분만 필요한 이유라도 있나요?"

마땅히 둘러댈 말이 생각나지 않아 난감해하고 있는데 때마침 편집자의 휴대 전화가 울렸다. 저자인 모양인데 아무래도 통화가 길어질 분위기여서 나는 눈짓으로 인사를 대신하고 슬며시 사무실을 빠져나왔다.

지적으로 게을러 보이게 만드는 표현 ①

● —에 대한(대해)

미래**에 대한** 불안, 자유**에 대한** 갈망, 음식**에 대한** 욕심, 꿈**에 대한** 이야기

흔히 볼 수 있는 표현들이다. 그런데 여기서 '대한'이 뜻하는 건 뭘까? 그냥 궁금했을 뿐인데 문장을 가만히 들여다보니 정말 이상해 보인다. '대한'이라니……

'대한'은 동사 '대對하다'의 관형형이다. '대하다'를 사전에서 찾아보면 다음과 같은 뜻풀이가 나온다.

① 마주 향하여 있다.
② 어떤 태도로 상대하다.
③ 대상이나 상대로 삼다.

'서로 얼굴을 대하고 앉아서 시종 진지하게 대화를 나누었다', '손님을 대하는 태도가 영 마음에 들지 않는다', '문학에 대해서 논하다'가 각각의 예문이 될 수 있겠다.

'미래에 대한 불안'을 비롯하여 첫머리에 제시한 문장

들에서 '대한'은 모두 세 번째 뜻을 활용해 쓴 것이다. 그런데 '대상이나 상대로 삼다'가 지나치게 포괄적이어서 세 번째 뜻으로 활용해 쓰는 '대하다'는 지나치게 많은 뜻을 포함하거나 아니면 한 가지 뜻도 갖지 못하는 것처럼 보일 때가 많다.

가령 '미래에 대한 불안'은 미래가 불확실해서 불안하다는 것인지 아니면 미래가 없을 것 같아 불안하다는 것인지 그도 아니면 미래에 맞서기가 불안하다는 것인지 분명치 않다. '자유에 대한 갈망' 또한 자유를 얻기 위해 발버둥친다는 것인지(그러니 지금 전혀 자유롭지 못하다는 것인지) 아니면 남보다 더 자유롭고 싶다는 것인지(그러니 지금도 어느 정도는 자유롭다는 뜻인지) 그도 아니면 자유라는 개념 그러니까 형이상학적인 의미의 자유를 깨닫고자 한다는 것인지 분명치 않다. 그런가 하면 '음식에 대한 욕심'이나 '꿈에 대한 이야기'에서는 '―에 대한'을 빼 버려도 문제없을 만큼 '대한'이 특별한 뜻을 갖지 않는 것처럼 보인다.

말하자면 귀에 걸면 귀걸이요 코에 걸면 코걸이라는 것인데, 이거야말로 반복해 쓰면서 중독되는 데 더없이 좋은 조건이 아닌가. 그래서일까? '대하다'의 활용형인 '대해(서)'나 '대한'만큼 문장 안에 자주 등장하는 낱말도 드물다. 문제는 쓰지 않아도 되는 상황에까지 무슨 장식처럼 덧붙인다는 데 있다. 더구나 '맞선', '향한', '다룬', '위한' 등

등의 표현들로 분명하게 뜻을 가려 써야 할 때까지 무조건 '대한'으로 뭉뚱그려 쓰면 글쓴이를 지적으로 게을러 보이게 만들기도 한다.

1) 그 문제**에 대해** 나도 책임이 있다.
2) 서로**에 대해** 깊은 신뢰를 느낀다.
3) 당신의 주장**에 대해** 선뜻 동의할 수 없다.
4) 그것 외에 다른 것**에 대해**서는 알고 싶지 않습니다.
5) 진급**에 대해** 무관심한 척했지만 사실은 무척이나 진급을 바라고 있다.
6) 피카소의 그림은 예술이 설 자리**에 대해** 의문을 제기했다.

모두 쓸 필요가 없는데 굳이 '대해'를 집어넣은 문장들이다.

1) 그 문제에 나도 책임이 있다.
2) 서로 깊은 신뢰를 느낀다.
3) 당신의 주장에 선뜻 동의할 수 없다.
4) 그것 말고 다른 것은 알고 싶지 않습니다.
5) 진급에 무관심한 척했지만 사실은 진급을 무척 바라고 있다.
6) 피카소의 그림은 예술이 설 자리에 의문을 제기했다.

이처럼 '대해'는 빼 버리면 그만일 때가 많지만, '대한'을 쓰는 경우는 사정이 좀 다르다. 가령 '사랑에 대한 배신', '노력에 대한 대가'처럼 단지 빼 버린다고 문제가 해결되지는 않기 때문이다. 굳이 쓰지 않아도 되는 상황에 장식처럼 집어넣은 경우와는 다르다고나 할까. 말하자면 '대한'을 쓰는 이유는, 습관 때문이기도 하지만 문장을 이해하고 만드는 방식이 다르기 때문이기도 하다.

사랑에 대한 배신
노력에 대한 대가

예문에서 보듯 '대한'이 들어간 문장은 '대한'을 활용한 문장이라기보다 '대한'이라는 붙박이 단어를 중심으로 나머지 단어를 배치한 것 같은 인상을 준다. 그러니 주체적으로 '대한'을 선택해 쓴 것이 아니라 '대한'에 기대서 표현한 것뿐이다. 그리고 '대한'은 그만한 대가를 지불해 준다. 표현을 더 정확히 하려고 고민할 필요가 없게 만들어 주니까.

사랑을 저버리는 일 (또는) 사랑하는 사람을 배신하는 행위 (또는) 사랑에 등 돌리는 짓 등등
노력에 걸맞은 대가 (또는) 노력에 합당한 대가 (또는) 노력에 상응하는 대가 등등

수건돌리기

지난 교정지를 다시 보게 될 줄은 몰랐다. 교정지는 늘 삼교까지 보고 편집자에게 넘기고 나면 그것으로 끝이었다. 특별한 경우가 아니고는 책으로 나온 뒤에 다시 보는 일은 없었다. 하물며 이미 책으로 묶여 나온 교정지를 다시 보다니…….

짜증이 날 줄 알았는데 이상하게 조바심이 들었다. 어릴 적 소풍 가면 자주 하던 수건돌리기 게임에서 술래가 되었을 때처럼, 누군가의 등 뒤에 몰래 수건을 떨어뜨리고 얼른 원을 한 바퀴 돌아야 하는데 그렇다고 냅다 뛸 수도 없는 그때처럼, 나는 조바심을 내고 있었다. 무엇보다 내가 조바심을 내는 이유를 잘 알고 있다는 사실이 조바심을 배가했다. 말하자면 그 순간만큼은 내가 자신의 등 뒤에 수건을 놓아두었다는 걸 깨닫지 못한 채 다른 친구들 틈에 끼어 앉아서 노래를 부르고 있는 바로 그 친구가 내겐 곧 세상이고 따라서 나는 세상을 속이고 있는 것이었다. 그런데 통쾌해야 할 그 순간 나는 세상을 끝까지 속일 수는 없으리라는 걱정에 조바심을 느끼는 것이다. 내가 원을 한 바퀴 돌기 전에 그 친구가 먼저 눈치를 채고 재빨리 뒤쫓아 올 거라는 두려움이 나를 앞으로 민다면, 그럴수록

끝까지 태연하게 연기를 해야 한다는 생각이 나를 뒤로 잡아당겼다. 조바심이 너무 심해져 이럴 거면 차라리 원을 돌지 말고 원 밖으로 도망가는 게 낫겠다는 생각이 들 정도로.

누군가의 등 뒤에 몰래 놓고 온 수건을 자꾸 뒤돌아보듯, 나는 내가 교정지에 쓴 문장들을 확인했다. 더러는 본문 옆에 더러는 교정지 여백에 펜으로 적은 그 문장들이 아무 문제가 없다는 걸 확인하기 전까지는 조바심이 잦아들지 않으리라는 걸 나는 잘 알고 있었다.

지적으로 게을러 보이게 만드는 표현 ②

'지적으로 게을러 보이게 만드는 표현'이라는 말이 역설적으로 들린다. '대해'나 '대한'은 물론 다음에 다루게 될 '—들 중 하나', '—들 중 한 사람', '—에 인해', '—으로 인한' 같은 표현들이 주로 지적으로 보이는 문장들에 많이 등장하기 때문이다. 그중에서도 '대한'이 특히 그렇다.

지적인 문장이 아니라 지적으로 '보이는' 문장이라는 데 주목해야 한다. 지적으로 보이게끔 포장하지만 사실은 게으름을 그대로 드러내는 표현이기 때문이다. 실제로 그런지 '대한'이 들어간 문장들을 구경해 보자.

1) 종말**에 대한** 동경이 구원**에 대한** 희망을 능가했다.

2) 과대망상**에 대한** 증거를 찾았다.

3) 성공**에 대한** 열망이 워낙 커서 오히려 불안할 지경이다.

4) 미래**에 대한** 투자라고 생각하고 대학원 진학을 결심했다.

5) 그건 변혁**에 대한** 우리의 노력을 인정하지 않겠다는 처사다.

6) 정부는 고문과 강제 연행**에 대한** 언론 보도를 사전 검열했다.

7) 적**에 대한** 공격을 한시도 멈추지 말 것을 당부했다.

8) 부모**에 대한** 반항이 점점 심해진다.

9)　시나 노래의 메시지**에 대한** 해석은 산문에 비해 상대적으로
　　주관적인 해석이 허용된다.

　　나열한 문장들에 쓰인 '대한'을 가만히 살펴보면, 무언
가 지적으로 명쾌하게 정리해 주는 듯 보이지만 실제로는
문장의 뜻을 분명히 전하는 데 걸림돌이 될 뿐이다.
　　우선 첫째 문장은 '동경'과 '희망' 모두에 '대한'을 써
서, 종말이니 구원이니 하는 결코 가벼울 수 없는 명사들
이 나열되었는데도 '대한'만 두드러져 보이게 만들었다.

1)　종말을 향한 동경이 구원을 바라는 희망을 능가했다.

　　둘째 문장의 '증거'에는 '대한'보다는 '증명해 줄'이나
'밝혀 줄'이 더 어울린다.

2)　과대망상을 증명해 줄(밝혀 줄) 증거를 찾았다.

　　셋째 문장의 '성공'에 어울리는 표현은 '하고자 하는'
이나 '을 향한'이니

3)　성공하고자 하는(성공을 향한) 열망이 워낙 커서 오히려 불
　　안할 지경이다.

라고 해야 어울리고, 넷째 문장의 '투자'는 무언가를 위해서나 대비하느라 하는 것이니

4) 미래를 위한(미래에 대비한) 투자라고 생각하고 대학원에 진학하기로 결심했다.

라고 써야 적절하다. 다섯째 문장의 '노력' 또한 무언가를 이루기 위해 하는 것이니

5) 그건 변혁을 이루기 위한 우리의 노력을 인정하지 않겠다는 처사다.

라고 쓰는 게 낫다. 여섯째 문장의 '언론 보도'는 당연히 사건을 다루는 것이니

6) 정부는 고문과 강제 연행을 다룬 언론 보도를 사전 검열했다.

라고 써야 맞는다. 그런가 하면 일곱째 문장의 '공격'은 대상을 향해 하는 것이니

7) 적을 향한 공격을 한시도 멈추지 말라고 당부했다.

라고 써야 한다. 여덟째 문장의 '반항'이야 당연히 누군가
에게 맞서는 것이니

8) 부모에게 맞서 반항하는 정도가 점점 심해진다. (또는) 부
    모에게 반항하는 정도가 점점 심해진다.

라고 해야 한다. 아홉째 문장의 '해석'이야 대상이 있어야
하니

9) 시나 노래의 메시지를 해석하는 데는 산문에 비해 주관적
    인 해석이 어느 정도 허용된다.

라고 쓰는 것이 자연스럽고,

    산문에 비해 시나 노래는 메시지를 주관적으로 해석하는
    것이 어느 정도 허용된다.

라고 쓰면 훨씬 나아 보인다.

기억

저자나 역자가 쓴 원고를 한 번도 아니고 세 번을 그것도 연이어 봐야 한다고 설명하면, "그럼 직접 작업한 책 내용은 속속들이 꿰고 계시겠네요"라고 말하는 사람들이 많다. 하긴 그렇게 생각할 만도 하다. 같은 책을 세 번 이상 읽는 일은 가능해도 연이어 세 번 읽는 경우는 드물 테니, 그렇게 읽어야 한다면 각주 내용까지 머릿속에 입력될 것이라고 여기는 것도 무리는 아니다. 실은 나도 그게 의문이다. 왜 내가 작업한 책의 내용을 속속들이 기억하지 못하는지.

아마도 편집자라면 '속속들이'까지는 아니어도 대부분 기억할 것이다. 자기가 만든 책이니까. 책이 나오고 나서도 해야 할 일이 많은 데다 독자들의 반응이 좋으면 좋은 대로 나쁘면 나쁜 대로 기억에 남을 수밖에 없다. 더군다나 저자와 역자를 관리해야 하니 작업한 책을 잊어서는 안 되고, 설령 그렇지 않더라도 책이 절판되지 않는 한 재고를 파악해 다시 낼 준비를 해야 하니 잊으려야 잊을 수 없을 터이다.

하지만 나는 편집자가 아니다. 일단 교정지가 책이 되어 나온 뒤에 내가 할 일은 없다. 아니 그전에 이미 (심지어는 다른 출판사에서) 다른 교정지를 받아 작업하고 있을 때가 많다. 편집자에게 삼교지를 넘겨주면 일정에 맞춰 책이 나오는 경우도 있지만 출판사 사정에 따라서는 몇 개월이 지나서야 책을 구경하게 되는 일도 적지 않다. 부끄러운 이야기지만, 심지어는 책이 나오고 난 뒤에 사람들 입에 오르내리는 이야기를 듣고 그런 내용의 책이었나, 깨달을 때도 있다.

두 가지 이유가 있다. 첫째이자 가장 중요한 이유는 교정 교열 본 내용을 일일이 기억하고 있으면 안 되기 때문이다. 당신이 책의 저자이고 내가 당신 글의 교정 교열 작업을 했다면 책이 나온 뒤에 당신이 내게 바라는 건 한 가지일 터이다. 모두 잊어 달라.

둘째 이유는 작업의 효율을 위해서다. 교정지 내용이 재미있으면 오탈자를 놓치기 쉽다. 오탈자는 물론 어색한 문장들을 제대로 다듬으려면 한 글자 한 글자 한 문장 한 문장 유심히 들여다봐야 하니 내용에 지나치게 빠져들어서는 곤란하다. 말하자면 일을 재미없게 해야 잘하게 되고 재미있게 하면 실수를 하게 된달까.

설령 그렇더라도 기억하는 사람은 기억할 것이다. 나처럼 까맣게 잊는 건 드문 일이다. 나도 모르겠다. 작업을 할 때는 10쪽에 한 번 나온 고유 명사를 500쪽 근처에서 다시 보게 되어도 금방 기억해 내고는 앞부분을 뒤적일 정도인데, 신기하게도 교정지를 넘겨주고 나면 까맣게 잊어버린다.

● ―들 중 한 사람, ―들 중(가운데) 하나, ―들 중 어떤

아무 생각 없이 습관적으로 쓰는 대표적인 표현이 '―들 중 한 사람' 혹은 '―들 중 하나', '―들 가운데 하나'이다. 영어 표현에서 빌려 온 듯한데, 우리말 표현을 더욱 풍성하게 해 준다면야 영어 아니라 외계어에서 빌려 온들 무슨 상관이겠는가. 다만 어색한데도 습관처럼 쓴다면 그건 교정 교열자로서 상관하지 않을 수 없다.

그녀는 전형적인 독일 여자**들 중 한 사람**이었다.

'―들 중 한 사람'을 아무 생각 없이 습관처럼 쓴 문장의 '전형'이다. 산속에 굴을 파고 혼자 숨어 지내는 도인이 아니라면 누구나 무리 가운데 한 사람이다. 이 당연한 사실을 굳이 문장 안에 길게 늘어놓을 필요가 있을까.

그녀는 전형적인 독일 여자였다.

이렇게 쓴다고 해서 '그녀'가 '한 사람'이 아니라 '두 사

람'이 되는 것도 아니고 '그녀'가 갖는 독일 여자로서의 전형성이 사라지는 것도 아니잖은가. 그렇기는커녕 훨씬 짧고 깔끔한 문장으로 뜻을 충분히 전달했으니 외려 더 나아졌다고 할 수 있다.

그는 내 가장 친한 친구**들 중 한 명**이다.

원칙적으로 말하면 '가장'이라는 부사로 수식할 수 있는 대상은 하나뿐이다. 최고를 뜻하니 둘이 될 수 없는 건 당연하잖은가. 하지만 워낙 자주 쓰다 보니 '가장'이 여럿을 수식하는 표현이 이젠 입에도 익고 눈에도 익어 버렸다. 문제는 뒷부분이다. '친한 친구들 중 한 명'이라는 표현을 굳이 써야 할까? 내 친구가 정확히 몇 명이며 그들과 얼마나 친한지 알리기 위해 문장을 쓴 게 아닌 다음에야!

그는 내 가장 친한 친구다.

'—들 중 한 사람'이나 '—들 중 하나'를 쓰지 않으면 표현이 정확해지지 않는다는 강박에서 벗어나면 문장을 쓸 때 늘 지고 다니던 짐 하나를 덜 수 있다.
그럼 이제 좀 긴 문장을 살펴보자.

1) 화가는 자신의 작품**들 중 하나**에서 누군가 덧칠한 흔적을

발견하고 경악했다.

2) 그에게 혐의를 지우는 자료**들 중 대부분**을 경찰에 넘긴 사람이 바로 그의 동생이었다.

3) 회의에서는 우리 시대의 본질을 드러내는 것**들 중 어떤 것**도 언급되지 않았다.

4) 사장은 그날 아침 생산량이 많은 공장**들 중 몇 곳**을 둘러보았다.

5) 우리가 상부에 제안한 것**들 가운데 많은 것**들이 회의 안건으로 채택되었다.

첫째 문장은 '작품들 중 하나에서'를 '그림 한 점에'로 바꾸면 자연스러워진다.

1) 화가는 자신의 그림 한 점에 누군가 덧칠한 흔적을 발견하고 경악했다.

둘째 문장은 '자료들 중 대부분을'을 '대부분의 자료를'로 바꾸어야 한다. 왜냐하면 누군가에게 전달할 수 있는 건 '자료'이지 '대부분'이 아니기 때문이다.

2) 그에게 혐의를 지우는 대부분의 자료를 경찰에 넘긴 사람이 바로 그의 동생이었다.

셋째 문장은 표현을 좀 손봐야 한다. 우선 '우리 시대의 본질을 드러내는 것'을 '언급'한다는 표현이 어색하다. 언급의 대상은 '우리 시대를 드러내는 본질적인 문제'가 되어야 하지 않을까? '것들 중 어떤 것도'(세상에, '것'이 두 번이나 들어갔다!)도 어색하기 그지없다. '아무것도' 또는 부사 '전혀'로 바꾸는 것이 좋겠다.

3)　회의에서는 우리 시대를 드러내는 본질적인 문제는 아무것도(전혀) 언급되지 않았다.

　　나머지 두 문장도 '들 중', '들 가운데'를 빼고 다시 정리하면,

4)　사장은 그날 아침 생산량이 많은 공장 몇 곳을 둘러보았다.
5)　우리가 상부에 제안한 많은 것들이 회의 안건으로 채택되었다.

가 되어 덜 어색해 보인다.

교정지에서 내가 치명적인 실수를 저지르거나 문장을 지나치게 수정한 흔적은 발견하지 못했다. 그제야 나는 안심하고 글쓴이의 문장을 살필 수 있었다.

작업을 할 땐 책을 처음 내는 저자라 문장에 바짝 긴장한 티가 역력하다고 여겼더랬는데, 다시 보니 원래 그런 식으로 문장을 쓰는 사람이었다. 낱말 하나하나를 사전에서 정의한 뜻대로 활용하기 위해 문법에서 지시한 위치에 정확하게 배치하고, 그렇게 이루어진 문장에서 배음背音은 최대한 제거한 뒤 오직 문장이 말하는 의미만 살려 썼다. 이걸 정직한 문장이라고 말해야 할까. 어쨌든 모범생 같은 문장이었다.

우선 주격 조사로 대부분 '이, 가'를 쓴 것이 특이했다. 흔히 주격 조사 하면 '은, 는, 이, 가'를 꼽는데 엄밀히 말하면 '이, 가'만이 주격 조사고 '은, 는'은 보조사다. 사전에서는 '이, 가'에 대해 '어떤 상태나 상황에 놓인 대상, 또는 상태나 상황을 겪거나 일정한 동작을 하는 주체를 나타내는 격 조사. 문법적으로는 앞말이 서술어와 호응하는 주어임을 나타낸다'라고 설명했고, '은, 는'은 '문장 속에서 어떤 대상이 화제임을 나타내는 보조사'라고 풀어 놓았다.

말하자면 주격 조사 '이, 가'가 붙는 낱말은 문장 안에서 주어의 자격을 갖게 되고, 보조사 '은, 는'이 붙는 낱말은 문장 안에서 주제, 곧 화제의 중심이 된다는 뜻이다. 가령 '모두가 예전 그대로였다'라는 문장에서 '모두'는 주격 조사 '가'가 붙어 주어의 자격을 갖는 반면, '집은 예전 그대로였다'라는 문장에서 '집'은 보조사 '은'이 붙어 화제의 중심이 되는 것이다.

그러니 엄밀히 말해서 '내가 말했다'와 '나는 말했다'는 다른 뜻을 갖는 문장인 셈이다. '내가 말했다'에서 '나'가 '말했다'라는 서술어의 주인이라면, '나는 말했다'의 '나'는 화제의 중심이다. '내가 말했다'는 그나 그녀, 그들이 아닌 바로 '내가' 말했다는 뜻이라면, '나는 말했다'는 다른 사람들은 뭘 하는지 모르겠지만 적어도 '나는' 말했다는 뜻이랄까.

물론 '삼각형의 내각의 합은 180도이다'나 '지구는 둥글다'처럼 바뀔 수 없는 명확한 사실을 말할 때 쓰는 '은, 는'도 보조사다. 하지만 내'가' 우주선을 타고 지구 밖으로 나가 지구를 본다면 아마도 나'는' 이렇게 말하지 않을까?

"지구'가' 둥글어, 내'가' 지금 보고 있다니까!"

아무려나 외국 소설을 우리말로 번역할 때 가장 신경 쓰이는 것이 바로 이 주격 조사이리라. 가령 영어라면 'I, You, He, She, They, It' 따위에 '이, 가'든 '은, 는'이든 붙여 줘야만 한다. 이름 뒤는 말할 것도 없다. 그런데 함인주 씨의 문장에는 '이, 가'를 붙여야 할지 '은, 는'을 붙여야 할지 오래 고민한 흔적이 역력했다. 그의 문장'이' 그렇게 말하고 있었다.

● —같은 경우

나 **같은 경우**에는, 중국 **같은 경우**는, 그 **같은 경우**에

앞에서 잠깐 설명했듯이 이렇게 쓰면 '나'와 '경우', '중국'과 '경우', '그'와 '경우'가 동격이 된다. 굳이 경우를 써야겠다면 '내 경우에는', '중국의 경우는', '그 경우에'('그'가 지시 대명사일 경우)라고 쓰면 될 일이다. 아니면 '나는', '중국은', '그는'('그'가 인칭 대명사일 경우)이라고 쓰든가.

말하듯이 글을 써야 자연스럽게 읽혀서 좋다고들 하지만, 여기서 '말하듯이'는 구어체로 쓰라는 뜻이지 말로 내뱉는 대로 쓰라는 건 아니다. 말은 말이고 글은 글이다. 말에는 말의 법칙, 곧 어법이 있고 글에는 글의 법칙, 곧 문법이 있다. 지켜야 할 규칙이 엄연히 다르다.

그러니 내가 말을 할 때 '—같은 경우'라는 표현을 자주 쓴다고 해서 글을 쓸 때도 그대로 쓰는 건 좋지 않다. 말은 동어 반복을 어느 정도 허용할 뿐만 아니라 즐기기도 하지만, 글은 전혀 그러지 않으니까.

참고로, 사람들이 말할 때 '—같다'라는 표현을 습관적

으로 쓰곤 하는데, 확신 여부를 따질 필요가 없는 대상에는 쓰지 않아야 옳다. 가령 '제가 합격했다니 정말 꿈만 같아요'라고 할 때는 형용사 '같다'가 어울리지만, '어제 친구랑 밥 먹고 영화를 봤던 것 같아요'라고 쓰면 어색하다. '기분이 정말 날아갈 것 같다'에서 쓴 '같다'는 제대로 쓴 표현이지만, '기분이 정말 좋은 것 같아요'에서 쓴 '같다'는 어색한 장식에 불과하다. 또한 '아, 이제 알 것 같습니다'는 자연스럽지만, '제가 아는 것 같습니다'는 어색한 표현이다.

'꿈만 같다', '날아갈 것 같다'는 은유적인 표현이고 '알 것 같다'는 추측이니 '같다'가 어울리지만, '영화를 봤던 것 같다'나 '기분이 좋은 것 같다', '아는 것 같다'는 '같다'가 제자리를 잘못 찾은 경우다.

어제 친구와 밥을 먹고 영화를 본 사실을 그사이에 모두 잊을 만큼 정신적으로 문제가 있거나 사고를 당하지 않은 이상 '영화를 봤던 것 같다'고 쓸 이유가 없고, 임상 실험을 하느라 약을 먹고 몸의 변화를 지켜보는 상황이 아닌 다음에야 기분이 좋은지 나쁜지 확신할 수 없다는 건 이해하기 어려우니 '기분이 좋은 것 같다'고 쓸 이유가 없으며, '알고 모르고'를 확신할 수 없다면 안다고 말할 수 없을 테니 '아는 것 같다'라고 쓰는 것도 이상하다.

하긴 창가에 서서 비 오는 모습을 바라보고 있는 직원에게 책상에 앉아 일하던 동료 직원이 '밖에 비 와요?' 하고 물었더니 '예, 비 오는 것 같아요'라고 말했다는 우스갯

소리도 있으니 '같다'를 남용하는 현상은 문법으로만 설명할 수는 없을 것도 '같다'.

나 어렸을 때는 어른들이 쓰는 말이나 텔레비전 드라마에서 배우들이 쓰는 말이 모두 지금 북한 사람들이 쓰는 말처럼 짧고 분명했다. 그때는 사회가 지금처럼 복잡하지 않아서 인간관계에서도 스트레스를 덜 받았던 모양이다. 그러니 '같다'를 남발해야 할 만큼 무언가에 분명한 태도를 취하는 게 어색하지도 않았으리라. 그러고 보면 '같다'가 갖는 의미를 단순하게 볼 일은 아닌 것 '같다'.

● ─에 의한, ─으로 인한

1) 시스템 고장**에 의한** 동작 오류**로 인해** 발생한 사고
2) 실수**에 의한** 피해를 복구하다.
3) 지배 계급의 손**에 의해** 조종되는 존재들

'의하다', '인하다' 모두 한자어를 품고 있다. 의지할 의 依 자와 연유 또는 까닭을 뜻하는 인因 자다. 한자어라서 문제가 될 건 없다. 다만 우리말로도 얼마든지 표현할 수 있는데 굳이 한자어를 고집할 필요가 있겠는가.

'의하다'는 '따르다'로 바꿔 쓸 수 있고, '인하다'는 '때문이다' 또는 '비롯되다', '빚어지다' 따위로 바꿔 쓸 만

하다.

1) 시스템 고장에 따른 오동작 때문에 발생한 사고

2) 실수로 빚어진 피해를 복구하다.

3) 지배 계급의 손에 조종되는 존재들

'—에 의한'과 '—으로 인한'도 다양한 표현이 들어설 자리를 꿰차고 앉아 터줏대감 노릇을 하는 꼰대 같은 표현들이다. 다양성을 인정하지 않고 이분법적인 사고에 사로잡힌 채 늘 똑같은 말만 되뇌는 존재를 꼰대라고 한다면 말이다. 아예 쓰지 않을 수는 없겠지만 적어도 습관처럼 반복해서 쓰는 일은 피해야겠다.

같은 맥락에서 함인주 씨는 조사 '—에'와 '—에는'도 구분해서 썼다.

'—에'는 부사를 나타내는 격 조사다. 사전을 찾아보면 생각보다 그 뜻과 쓰임이 많아서 놀라게 된다. 무려 15개 나 되니 말이다.

① 앞말이 처소의 부사어임을 나타내는 격 조사.

   → 옷에 먼지가 묻었다.

② 앞말이 시간의 부사어임을 나타내는 격 조사.

   → 오후에 만나자.

③ 앞말이 진행 방향의 부사어임을 나타내는 격 조사.

   → 직장에 가는 중입니다.

④ 앞말이 원인의 부사어임을 나타내는 격 조사.

   → 비에 옷이 흠뻑 젖었다.

⑤ 앞말이 어떤 움직임을 일으키게 하는 대상의 부사어임을 나타내는 격 조사.

   → 나는 그의 의견에 찬성한다.

⑥ 앞말이 어떤 움직임이나 작용이 미치는 대상의 부사어임을 나타내는 격 조사.

→ 나는 생각에 잠겼다.

⑦ 앞말이 목표나 목적 대상의 부사어임을 나타내는 격 조사.

　　→ 이걸 어디에 쓰지?

⑧ 앞말이 수단, 방법 따위의 대상이 되는 부사어임을 나타내는 격 조사.

　　→ 우리는 햇볕에 옷을 말렸다.

⑨ 앞말이 조건, 환경, 상태 따위의 부사어임을 나타내는 격 조사.

　　→ 이 무더위에 어떻게 지내시나요?

⑩ 앞말이 기준되는 대상이나 단위의 부사어임을 나타내는 격 조사.

　　→ 시대에 뒤떨어지는 생각이다. 약은 하루에 세 번씩 드세요.

⑪ 앞말이 비교의 대상이 되는 부사어임을 나타내는 격 조사.

　　→ 그 아버지에 그 아들.

⑫ 앞말이 맡아보는 자리나 노릇의 부사어임을 나타내는 격 조사.

　　→ 내가 반장에 뽑혔다.

⑬ 앞말이 제한된 범위의 부사어임을 나타내는 격 조사.

　　→ 포유류에 무엇이 있지?

⑭ 앞말이 지정하여 말하고자 하는 대상의 부사어임을 나타내는 격 조사.

→ 시장을 선출하는 데에 가장 중시되어야 할 사항.

①⑤ 앞말이 무엇이 더하여지는 뜻의 부사어임을 나타내는 격 조사.

→ 국에 밥을 말아 먹다.

그런가 하면 '―에는'은 이 같은 격 조사에 보조사 '는'을 붙여 부사어를 만드는 조사다. 사전에는 "앞말이 부사어임을 나타내는 조사. 격 조사 '에'에 보조사 '는'이 결합한 말이다"라고 되어 있다. 그리고 예문으로 '사랑에는 국경도 없다'가 나와 있다.

문법적으로만 보면 '―에'와 '―에는'은 모두 조사다. 굳이 나누자면 하나는 격 조사고 나머지 하나는 그냥 조사라는 차이가 있을 뿐이다. 하지만 문장에 쓰인 걸 보면 의미에서도 차이가 있다는 걸 알 수 있다.

방 한가운데**에는** 2인용 침대가 있었는데 방이 좁아서 침대가 방 안을 꽉 채우다시피 했다.

초교에서 나는 이 문장을 전혀 손대지 않고 넘어갔다. 그런데 함인주 씨는 이 문장을 다음과 같이 수정해서 보내왔다.

방 한가운데에 2인용 침대가 있었는데 방이 좁아서 침대가

방 안을 꽉 채우다시피 했다.

어감상 '는'을 빼는 게 낫지 않을까 싶었지만 재교나 삼교 때 다시 보자는 생각에 내버려 두었는데 역자가 빼 버린 것이다. 실제로 '방 한가운데에는'이라고 쓰면 그 공간을 차지하고 있는 것이 2인용 침대가 됐든 다른 무엇이 됐든 중요한 것은 방구석이 아니라 '방 한가운데'라는 어감이 강한 반면, '방 한가운데에'라고 쓰면 2인용 침대가 차지한 공간이 공교롭게 방 한가운데라는 어감이 강하다.

가령 '거실 소파에는 남편이 누워 있고 부엌 식탁에는 딸아이가 앉아 있다'라는 문장과 '거실 소파에 남편이 누워 있고 부엌 식탁에 딸아이가 앉아 있다'라는 문장의 어감은 좀 다르다. 앞 문장의 주인공이 분할된 공간이라면 뒤 문장의 주인공은 그 공간을 차지하고 있는 인물들이랄까. 말하자면 앞 문장은 '거실 소파에는…… 부엌 식탁에는…… 안방 침대에는……' 하는 식으로 계속 이어질 것만 같고, 뒤 문장은 '아들은…… 나는……' 하고 이어질 것만 같다.

용언의 어간語幹에 붙는 건 어미語尾고, 체언에 붙는 건 조사助詞다. 조사 중에서 방향이나 경로를 나타내는 조사는 문장의 움직임을 표현하는 데다 문장의 몸이랄 수 있는 체언이 어디를 향하는지 결정하는 터라 잘 가려 써야 한다.

가령 '―에'와 '―으로'는 혼동해 써서는 안 되는 조사다.

이번 추석엔 고향에 갈 수 없다.
앞으로 가야지 뒤로 가면 어떡해!

여기서 '―에'와 '―으로'를 서로 바꿔 쓰면,

이번 추석엔 고향**으로** 갈 수 없다.
앞**에** 가야지 뒤**에** 가면 어떡해!

가 되어 어색하다.

'―에'와 '―로'도 구분해 써야 하는 조사다.

창문 뒤**에** 새들이 모여들었다.

창문 뒤로 새들이 모여들었다.

아무래도 아래 문장이 더 자연스러워 보인다. '창문 뒤에'는 '모여들었다'라는 동사의 움직임을 표현하기에 지나치게 정적이다. '창문 뒤로'라고 써야 '모여들었다'라는 술어를 감당할 수 있지 않을까. '창문 뒤에'라고 쓸 때는 '모여들었다'보다 '모여 있었다'가 더 어울려 보인다.

여기저기 지하수**로** 젖어 있는 회색 암벽들
여기저기 지하수에 젖어 있는 회색 암벽들

한편 암벽은 '지하수에' 젖는 것이지 '지하수로' 젖는 건 아니니 '여기저기 지하수로 젖어 있는 회색 암벽들'이란 표현은 어색하다. 여기서도 '지하수로'라고 쓰려면 뭔가 움직임이 따라야 한다. 가령 '지하수로 스며드는 오염 물질'처럼.

함인주 씨 문장의 또 다른 특징은 '그리고, 그러나' 같은 접속사를 문장 앞 정확한 위치에 둔 것이고, 외국 소설에서 주로 볼 수 있는, 대화문 사이의 '누가 말했다'는 식의 표현을 우리말로 옮기면서 대화문 앞으로 뺀 것이다.

가령 '제임스는 그러나 웃지 않았다'를 '그러나 제임스는 웃지 않았다'로 정확한 우리말 순서에 따라 옮겼으며, "'내 말은' 그렉은 말했다. '돌아올 수 없을지도 모르겠다는 거야.'"를 "그렉은 말했다. '내 말은 돌아올 수 없을지도 모르겠다는 거야.'"라고 다시 썼다.

그뿐만 아니라 '이렇게 말하는 게 가능하다면', '이런 표현이 가능하다면' 또는 '내게 진실인 것은 그에게도 진실이다', '진실을 말하자면', '내가 마지막으로 —을 한 지 10년이 지났다', '당신은 내가 힘들 때 연락할 첫 번째 사람이다' 같은 대표적인 외국어 표현을 우리말 표현으로 바꾸기도 했다.

말하자면 그의 문장은 한글 맞춤법과 문장 구성법을 잘 익힌 학생의 모범 답안 같은 문장이었다. 역설적인 건 초교와 재교에서 내가 손을 댄 문장이 적지 않았던 이유도 그 때문이라는 것이다. 모범 답안을 만들려는 노력이 지나쳐 외려 문장을 어색하게 만들었달까.

의존 명사 '것'을 쓸 때는 마치 외국어의 격 변화처럼 문장 안에서 '것'을 넣을 만한 곳이면 모두 넣었고, 복수를 나타내는 접미사 '—들'도 빠짐없이 붙였으며, 지시 대명사 '그, 이, 저'도 적지 않게 썼다. 과거형 또한 가까운 과거와 먼 과거를 나누어서 썼는데, 특히 관형형으로 쓰인 부분에도 과거형을 써서 가령 '10년 전에 간(갔던) 길을 다시 되짚어 갔다'라고 쓰면 될 문장을 '10년 전에 갔었던 길을 다시 되짚어 갔다'라고 썼다.

이 모두가 정확한 표현을 쓰고자 하는 욕망이 컸기 때문이리라.

'—에'와 '—을(를)' 또한 가려 써야 하는 조사들이다. '에'는 처소나 방향 등을 나타내고, '을(를)'은 목적이나 장소를 나타내는 격 조사다. 따라서 구분해 쓰지 않으면 어색해진다.

1) 자식이 명문대**를** 가는 게 꿈인 부모들
2) 학원**을** 보낸다고 성적이 오르는 건 아닙니다.
3) 특목고 학생의 20퍼센트가 지방에 있는 대학**을** 갑니다.

'가다'나 '보내다' 같은 동사에 맞는 방향을 나타내야 할 때 '—을(를)'을 붙이니 어색하다. 이럴 땐 당연히 '—에'를 붙여야 자연스럽다.

1) 자식이 명문대에 가는 게 꿈인 부모들
2) 학원에 보낸다고 성적이 오르는 건 아닙니다.
3) 특목고 학생의 20퍼센트가 지방에 있는 대학에 갑니다.

'—을(를)'을 붙여야 할 때는 다음과 같은 경우다.

이른바 명문대라고 불리는 대학들을 돌아다니며 이런저런 정보를 얻었다.

하루 종일 이 학원 저 학원을 돌아다니며 입시 상담을 받았다.

우리 학교에는 지방에 있는 대학을 목표로 공부하는 학생도 있다.

한편 '─로의'나 '─에게로'처럼 조사가 겹친 표현은 쓰지 않는 게 좋겠다.

4) 낯선 세계**로의** 진입이 시작되었다.

5) 일곱 살짜리 그 사내아이는 결국 어머니의 품을 떠나 아버지**에게로** 갔다.

4) 낯선 세계로 진입하기 시작했다.

5) 일곱 살짜리 그 사내아이는 결국 어머니의 품을 떠나 아버지에게 갔다.

'─에'와 '─에게', '─에게서'를 구분해 쓰는 것도 중요하다.

6) 적국**에게** 선전 포고를 하다.

7) 우리 정부는 미국**에게** 바뀐 정책에 대해 설명했다.

8) 부모님**에게** 카네이션을 선물하는 아이들

9) 업자**에게서** 뇌물을 받은 공무원이 적발되다.

10) 우리는 다음 세대**에게서** 희망을 찾아야 한다.

11) 약속을 가볍게 여기는 태도 때문에 우리는 그**에게서** 떠날 수밖에 없었습니다.

12) 그들은 내**게서** 서서히 멀어져 갔다.

앞의 문장들 중 '―에', '―에게', '―에게서'를 잘못 쓴 문장은 어떤 것일까?

조사 '―에'와 '―에게'의 차이는 '―에'는 무생물에, '―에게'는 생물에 붙인다는 것이다. 그리고 '―에게서'는 '―에게'와 '―에서'가 합쳐진 조사인데 쓰임에 따라 표현이 어색해질 수 있으니 가려 써야 한다.

따라서 선전 포고는 '적국에게'가 아니라 '적국에' 하는 것이고, 정부는 '미국에게'가 아니라 '미국에' 설명하는 것이다. 아이들은 당연히 '부모님에게' 카네이션을 선물한다. 그리고 '업자에게서'가 아니라 '업자에게' 뇌물을 받은 것이고, '그에게서' 떠날 수밖에 없는 게 아니라 '그를' 떠날 수밖에 없는 것이다. '다음 세대에게서'와 '내게서'는 그다지 어색해 보이지 않는다.

6) 적국에 선전 포고를 하다.

7) 우리 정부는 미국에 바뀐 정책에 대해 설명했다.

8) 부모님에게 카네이션을 선물하는 아이들

9) 업자에게 뇌물을 받은 공무원이 적발되다.

10) 우리는 다음 세대에게서 희망을 찾아야 한다.

11) 약속을 가볍게 여기는 태도 때문에 우리는 그를 떠날 수밖에 없었습니다.

12) 그들은 내게서 서서히 멀어져 갔다.

당신 문장은 이상합니다

나는 다시 답장을 썼다. 우선 사과부터 했다. 지난번 메일에 시종일관 사무적으로 답한 것이 걸려서였다. 당신은 내게 그저 수많은 저자 중 한 명에 불과하다는 비아냥거림으로 들렸을 것이다. 그럴 의도는 아니었지만 그렇게 비쳤으리라. 그렇다고 변명을 늘어놓지는 않았다.

자기 문장이 그렇게 이상하냐고 물었으니 그 물음에 성실하게 답하는 게 우선이지 싶었다. 그래서 그렇게 했다. '당신 문장은 이상합니다'라고 썼다. 하지만 '그렇게' 이상하지는 않노라고 덧붙였다.

◇

모든 문장은 다 이상하죠. 제겐 그렇습니다. 20여 년간
남의 문장을 읽고 맞춤법에 맞게 고치고 어색하지 않도록
다듬는 일을 해 왔지만, 이제껏 이상하지 않은 문장은
한 번도 본 적이 없습니다. 앞으로 얼마나 더 이 일을
하게 될지 모르겠지만, 이 일을 하는 한은 내내 그러리라
믿습니다. 아니 솔직히 말씀드려 저는 이상하지 않은
문장, 요컨대 '정상적인 문장'을 상상하기 어렵습니다.
정상적인 문장은 과연 어떤 문장이며 누가 쓴 문장일까요?

그리고 그 안에 담긴 '정상적인 내용'은 또 어떤 내용일까요? 상상하기 어렵군요.

모든 문장은 다 이상합니다. 모든 사람이 다 이상한 것처럼 말이죠. 제가 하는 일은 다만 그 이상한 문장들이 규칙적으로 일관되게 이상하도록 다듬는 것일 뿐, 그걸 정상으로 되돌리는 게 아닙니다. 만일 제가 이상한 문장을 정상으로 만드는 일을 하고 있다면, 저야말로 이상한 사람이 되는 것 아니겠습니까?

말장난처럼 비쳤다면 사과드리겠습니다. 하지만 '내 문장이 그렇게 이상한가요?'라는 선생님의 물음을 여러 번 들여다보다가 물음이 이상하다는 생각을 하게 되었습니다. 왜 이런 식으로 묻게 되었을까 한참을 고민했습니다. 아, 이분은 자신의 문장이 표준이랄 만한 문장에서 얼마나 멀리 떨어져 있는지 궁금해하는구나 하고 저 나름대로 결론을 내렸습니다. 그래서 이처럼 말장난 같은 답변을 드리게 되었습니다. '표준적인 문장' 같은 건 없노라고 말이죠.

정답 같은 건 없습니다. 그건 심지어 맞춤법도 마찬가지입니다. 맞춤법이란 그저 의사소통을 원활하게 하기 위해 만든 규칙일 뿐이죠. 게다가 지금처럼 국가 기관이 맞춤법을 통제하는 상황을 생각하면 맞춤법에 그렇게 목을 맬 이유도 없지 싶습니다. 다만 책을 사서 읽는 독자에게 최소한의 예의를 갖추는 것이라고나 할까요. 저는

제가 하는 일에 그 이상의 의미를 부여하지 않습니다. 영어로
게이트키퍼gatekeeper 라고 하나요. 문지기. 맞습니다. 문지기
역할을 하는 것뿐이죠. 가끔 그런 꿈도 꿉니다. 서점에 진열된
책들이 저마다의 표현법이나 문장 규칙에 따라 쓰인 걸
구경하는 꿈. 멋지겠다고 생각하면서 말이죠.

다시 한번 말씀드리자면 선생님의 문장은 이상합니다.
그리고 그 이상함 속에서 문장의 결이랄까요 무늬랄까요,
아무튼 선생님만의 개성을 엿볼 수 있습니다. 말하자면
선생님이 갖고 있는 그 이상함이 선생님의 문장에도
고스란히 배어 있는 셈이죠. '그렇게' 이상하냐는 물음에는
이미 말씀드린 대로 '아니요'라고 대답하겠습니다.

그 덕분에 선생님 문장은 물론 제가 하는 일에 대해서도 다시
생각해 볼 기회를 갖게 되었네요. 고맙습니다. 선생님과 제가
저자와 교정자로 다시 만나게 될는지 모르겠지만 앞으로도
선생님만의 그 '이상한 글' 오랫동안 멋지게 쓰시기 바랍니다.

추신: 이상한 이야기만 늘어놓기 뭐해서 선생님 문장 가운데
제가 손댄 표현에 대한 간략한 설명을 파일로 첨부했습니다.
예문으로 선생님의 문장도 집어넣었고 제가 교열을 본 다른
분의 문장도 적었습니다. 참고가 되었으면 좋겠습니다. 물론
정답이 없는 문제이니 이게 모범 답안이 아니라는 말은
사족이 되리라 믿습니다. 그럼 이만 총총.

방향을 나타내는 조사 중에서 가장 문제가 되는 건 '―(으)로부터'이다. 앞에서 살펴봤듯이 '―로'는 체언이 움직여 가는 방향을 나타내는 조사인 반면 '―부터'는 출발점을 뜻하는 조사다. 그러니 '―로부터'라고 쓰면 방향이 서로 어긋나는 셈이다. 그런데도 『표준국어대사전』에는 '―로부터'가 출발점을 나타내는 조사로 당당히 올라 있다. 알다가도 모를 일이다. 다음 문장들이 아무렇지 않단 말인가.

1) 친구**로부터** 선물을 받았다.

2) 부모**로부터**의 이별

3) 세상**으로부터** 단절되어 있는 사람들

4) 서울**로부터** 온 사람들

5) 내전**으로부터** 도망쳐 나온 난민들

6) 지난번의 실패**로부터** 교훈을 얻었다.

설령 '―로부터'가 조사로 쓰일 수 있다고 인정하더라도 출발점을 나타내는 것이니 어떤 행동을 일으키는 대상을 나타내는 격 조사를 대신할 수는 없다. 말하자면 '선물이 친구로부터 온 것'이라는 억지는 통할지 몰라도 친구로부터 선물을 받았다고 할 수는 없다. 선물은 친구에게 받는 것이니까.

둘째 문장인 '부모로부터의 이별'은 그저 낱말을 재미있게 늘어놓은 것에 불과할 뿐 어떤 뜻을 전하기 위해 만든 문장이라고 보기 어렵다. '이별'에 출발점이 필요한 것도 아닌 데다 설령 필요하다 하더라도 '―로부터의'라는 정체불명의 낱말을 쓸 이유는 없으니까. '부모와 이별하는 일'이라고 쓰든가 꼭 명사형으로 만들어야겠다면 좀 무리를 해서라도 '부모와의 이별' 정도가 적당하지 않을까.

셋째 문장에서 '세상으로부터' 또한 마찬가지다. 그냥 써도 자연스럽지 않은데 '단절'이라는 낱말과 어울려 쓰니 더 어색하다. 그냥 '과'를 써서 '세상과 단절되어 지내는 사람들'이라고 쓰면 이상한가? 단절의 원인을 제공한 쪽이 그 '사람들'이 아니라 세상이라는 점을 드러낼 수 없지 않느냐고? 그렇다면 '사회에서 버림받은 사람들'이라고 표현하면 되지 않는가. 아, 이때도 '사회로부터 버림받은 사람들'이라고 쓰려나?

넷째 문장은 '서울로부터'라고 쓰는 순간 방향이 꼬인다. 기왕 조사를 이중으로 붙여 쓸 거라면 차라리 '―에서부터'가 더 낫겠다. 다만 '―에서부터'는 출발점을 정확히 해야 할 경우에 쓸 만하다. 가령 '서울역에서부터 대전 청사까지 거리가 정확히 몇 킬로미터나 될까?'라고 쓸 때처럼. 하지만 '서울로부터 온 사람들'은 구체적인 출발점을 적시할 필요가 없으니 '서울에서 온 사람들'이라고 쓰는 게 훨씬 자연스럽다.

나머지 두 문장도 마찬가지다. '—로부터'보다는 '—에서'가 뜻을 분명하게 전하는 데 도움이 될뿐더러 어색하지도 않다.

1) 친구에게 선물을 받았다.

2) 부모와의 이별

3) 세상과 단절되어 지내는 사람들

4) 서울에서 온 사람들

5) 내전에서 도망쳐 나온 난민들

6) 지난번 실패에서 교훈을 얻었다.

이렇듯 '—로부터'는 대개 '—에게', '—와(과)', '—에서'로 나누어 써야 할 표현을 하나로 뭉뚱그려 대신한 것이다. 이러니 습관이고 중독이라고 할 수밖에 없잖은가. 따로 생각할 필요 없이 무조건 하나로 쓰면 되니 얼마나 편리한가. 그 편리함이 주는 유혹은 문장이 어색해지는 걸 꾹 참아 내게 할 만큼 크다.

감기도 우선해져서 이젠 입맛이 돌아올 때도 됐는데 여전히 입맛이 쓰고 기운도 없었다. 입 안이 헌 것도 좀처럼 나을 기미를 보이지 않았다. 아픈 건 아니었지만 그래도 찜찜했다. 약국에서 바르는 약을 사서 발라 보아도 낫지 않아 왜 이런 거냐고 물었더니 약사가 혹시 따로 복용하는 영양제나 건강 보조제가 있느냐고 되물었다.

"없는데요, 그런 거."

"이젠 '그런 거'를 드실 때가 됐다는 신호예요. 염증이나 상처가 어지간해서 잘 낫지 않고 금세 피로하고 눈도 침침해지고…… 뭐 그럴 때가 된 거죠. 비타민부터 시작하시죠."

그렇게 말하면서 약사는 고함량 비타민을 내밀었다. 포장지에는 눈의 피로, 근육통, 구내염 등등에 효과를 볼 수 있노라고 쓰여 있었다. 어차피 안구 건조증 때문에 눈이 금세 피로해져서 일도 예전만큼 못 하는 처지니 한번 먹어 볼까 싶어 얼른 돈을 치르고 비타민을 받아 나왔다.

청년으로 약국에 들어갔다가 노인이 되어 나온 기분이었다. 기우뚱 어지러운 증세도 더 심해진 듯하고 다리에도 어느새 힘이 풀리는 듯했다. 입맛이 좀 돌아오면 좋겠는데 며칠째 물에 밥을 말아 김을 적셔 먹어서인지 기운을 차리기가 더 어려웠다.

그렇게 비척거리며 걷다가 예의 그 국숫집을 발견했다.

'맞아, 국수가 있었지! 잔치국수!'

마치 사막에서 오아시스라도 발견한 것처럼 나는 잰걸음으로 다가가 국숫집 문을 밀었다. 그런데 문이 열리지 않았다. 쉬는 날인가 싶어 한 발짝 물러서서 살펴보니 '일요일은 쉽니다'라는 문구가 문 옆에 적혀 있었다.

'그렇다면 오늘은 쉬는 날이 아닌데?'

이상하다 싶어 다시 한번 문을 밀어 보았지만 쿵 하고 걸릴 뿐 열리지 않았다.

'제길.'

돌아서야 하는데 아쉬움에 발걸음이 떨어지지 않았다. 그렇게 멀거니 서서 한숨을 길게 내쉬고 있는데, 유리창 오른쪽 구석에서 사람 머리가 불쑥하고 올라오더니 천천히 문 앞으로 다가서는 게 아닌가. 가만히 보니 머리의 주인은 다름 아닌 주인아주머니였다.

'그럼 그렇지. 휴무일도 아닌데 문을 닫을 리가 있나.'

반가움에 나도 모르게 함박웃음을 지으며 문이 열리기만을 기다렸다. 그런데 안에서 주인아주머니가 문을 열 생각은 않고 그저 말없이 손을 들어 손사래를 치고만 있었다. 나는 영문을 모른 채 아주머니의 이상한 행동을 빤히 바라보았다. 유리문이 중간에 놓여 있어 모르는 사람이 보면 안타깝게 이별하는 가족처럼 보일 법한 장면이었다.

'오늘은 장사 안 해요. 미안합니다.'

아주머니는 마치 그렇게 말하는 것처럼, 유리문 안쪽에 서서 바깥에 서 있는 나를 향해 천천히 손을 흔들었다.

편리함 때문에 문장이 어색해지는 걸 꾹 참아 가면서 '―로부터'를 고집하다 보면 다음과 같은 문장들을 쓰게 된다.

1) 몇몇 죄수들이 담 한쪽에 난 구멍**으로부터** 교도소 밖으로 빠져나가 도망쳤다.

2) 그런데 그가 왜 내게 적대적**으로** 되었는지 그리고 자신의 가족**으로부터** 의심을 받게 되었는지 그 이유를 모르겠다.

3) 그는 경찰**로부터** 도주하던 중 총격을 받고 사망했다.

4) 당국**으로부터**의 끊임없는 도주가 이어졌다.

5) 개성은 타인**으로부터** 나를 구분할 수 있게 해 주는 중요한 지표다.

6) 가난**으로부터** 벗어날 수 있는 길은 어디에도 없었다.

7) 교수님**으로부터** 내가 장학금을 받게 되었다는 소식을 듣고 뛸 듯이 기뻤다.

8) 그들이 정보원**으로부터** 얻어 낸 것은 허위 정보였음이 밝혀졌다.

첫째 문장은 죄수들이 구멍 저 깊은 곳에서 나와 도망

쳤다는 뜻이 되어 어색하다. '구멍으로부터'를 '구멍을 통해'라고 바꾸고 '도망쳤다'는 빼는 게 낫다.

1) 몇몇 죄수들이 담 한쪽에 난 구멍을 통해 교도소 밖으로 빠져나갔다.

둘째 문장은 의심을 한 주체가 가족이라기보다 의심이 가족에게서 시작되었다는 말처럼 들려 어색하기 그지없다. 게다가 '적대적으로'에 붙은 '−으로'라는 조사도 어울리지 않는다. '−으로부터'뿐만 아니라 '−으로'도 중독성이 강한 셈이다. '적대적으로'를 '적대적이'로 바꾸고, '그리고'는 아무래도 뒤에 이어지는 문장의 내용이 더 심각한 상황이니 '게다가'로, '가족으로부터'도 '가족에게까지'로 바꾸는 게 자연스럽다.

2) 그런데 그가 왜 내게 적대적이 되었는지, 게다가 자신의 가족에게까지 의심을 받게 되었는지 그 이유를 모르겠다.

셋째 문장은 도주가 시작된 지점이 경찰이라는 것처럼 들려 어색하다. '경찰로부터'를 '경찰에게'로, '도주하던 중'을 '쫓기던 중'으로 바꿔야 덜 어색하다.

3) 그는 경찰에게 쫓기던 중 총격을 받고 사망했다.

넷째 문장 또한 '도주'의 시작점이 '당국'이 되어 어색한 데다 '一로부터'도 모자라 '一의'까지 붙어 더 어색해졌다. '당국으로부터의'를 '당국을 피해'로, '끊임없는 도주가'를 '끊임없이 도망 다니는 생활이'로 바꾸는 게 낫다.

4)   당국을 피해 끊임없이 도망 다니는 생활이 이어졌다.

다섯째 문장에서는 'A와 B를 구분한다'나 'A에서 B를 구분한다'처럼 써야 할 '구분'을 '一로부터'와 함께 써서 어색해졌다. 그러니 '타인으로부터'를 '타인과'로, '구분할 수 있게 해 주는'을 '구분해 주는'으로 바꿔야 한다.

5)   개성은 타인과 나를 구분해 주는 중요한 지표다.

여섯째 문장은 '一로부터'가 들어간 표현 중에서 가장 흔하게 볼 수 있는 표현이다. '벗어나다'를 '一로부터' 뒤에 쓰는 일이 워낙 잦아서 교정을 보면서 놓치기 쉬운 표현이기도 하다. '벗어나다', '탈출하다', '빠져나오다' 따위의 동사에는 '一로부터'가 아니라 一에서'가 어울린다. 그리고 '어디에도 없었다'라는 표현도 '아무 데도 없었다'나 '어디에서도 찾을 수 없었다'라고 쓰는 게 덜 어색해 보인다. 그러니 '가난으로부터'를 '가난에서'로, '벗어날 수 있는'은

'벗어날'로, '어디에도 없었다'는 '어디에서도 찾을 수 없었다'나 '아무 데도 없었다'로 바꾸는 게 자연스럽다.

6) 가난에서 벗어날 길은 어디에서도 찾을 수 없었다(아무 데도 없었다).

일곱째 문장도 흔하게 볼 수 있는 '一로부터'의 예문이다. 말은 말하는 상대'에게' 듣는 것이지 상대'로부터' 듣는 것이 아니다. 그러니 '교수님으로부터'를 '교수님에게'로, '소식을'을 '말을'로 바꾸는 게 낫다.

7) 교수님에게 내가 장학금을 받게 되었다는 말을 듣고 뛸 듯이 기뻤다.

마지막 문장의 '얻다' 또한 누군가'에게' 얻는 것이지 누군가'로부터' 얻는 것은 아니다. '정보원으로부터'를 '정보원에게'로, '얻어 낸 것은'을 '얻어 낸 것이'로, '허위 정보였음이 밝혀졌다'는 '허위 정보라는 사실이 드러났다'로 바꾸는 게 낫다.

8) 그들이 정보원에게 얻어 낸 것이 허위 정보라는 사실이 드러났다.

도서관

감기를 앓느라 미뤄 두었던 일을 하기 위해 도서관에 가서 교정지를 펼쳤다.

도서관을 작업실로 쓴 지 오래되어서 이젠 할 일이 없는 날에도 빈 가방을 메고 터덜터덜 도서관으로 향할 정도로 도서관은 내게 친숙하면서도 지겨운 공간이 돼 버렸다.

가끔 그런 생각도 든다. 밤에도 문을 여는 도서관은 없을까 하고. 한창 일할 땐 도서관 문 닫을 시간까지 일하고 나서도 교정지를 들고 새벽녘까지 카페를 전전하기도 했다. 집에 들어가면 한도 끝도 없이 늘어지는 터라 달리 방법이 없었다. 그럴 때면 밤에도 문을 여는 도서관이 간절했다. 밤에 일하는 사람이 늘고 있어서 어쩌면 그런 도서관이 곧 생기지 않을까 싶기도 했다. 실제로 카페에서 교정지를 들여다보고 있으면 노트북을 들고 와서 새벽녘까지 작업하는 사람들을 제법 볼 수 있었다. 카페 밖으로는 단말기를 손에 든 대리운전자들이 만들어 내는 새로운 밤 풍경도 보였다.

예전에는 담배를 피우고 자판기 커피를 습관처럼 마시느라 수시로 도서관 계단을 오르내렸지만 담배도 끊고 인스턴트커피도 끊은 뒤로는 운동 삼아 오르내린다. 나선

형으로 이어진 계단을 내려가 건물 밖으로 나가면 또 계단이 나온다. 그 계단에 앉으면 낮은 지붕들이 서로 머리를 맞대고 있는 인근 동네가 훤히 내려다보였다. 맞은편 양옥집 지붕에서 고양이 가족이 슬금슬금 내려오고 그 건너편 옥상에서는 할머니가 바람에 흔들리며 말라 가는 빨래를 걷고 그 아래로는 퇴근하는 직장인들이 힘겹게 언덕을 오르며 귀가를 서두는 시간, 어스름이 내릴 그 무렵이면 그 모든 풍경이 마치 길고 긴 문장처럼 느껴졌다. 주어가 있고 서술어가 있으며 체언을 꾸미는 관형사와 용언을 꾸미는 부사까지 모두 갖춘 아주 긴 문장.

나는 생각했다. 저 문장은 얼마나 이상한 문장일까. 얼마나 이상한 사람들이, 아니 얼마나 이상한 삶들이 얼마나 이상한 내용을 얼마나 이상한 방식으로 표현한 문장일까. 그리고 만일 저 길고 긴 문장을 손본다면 어떤 표기가 맞고 어떤 표기가 그렇지 않은지 어떻게 알 수 있을까. 어떤 표현이 어색하고 어떤 표현이 그렇지 않은지는 또 어떻게 알 수 있을까. 내가 들어내거나 고치거나 다듬어야 할 것들은 무엇일까. 미처 쓰레기통 안으로 들어가지 못하고 바닥을 구르는 쓰레기들일까. 아니면 빨랫줄에서 떨어져 흙이 묻은 빨래들일까. 그것도 아니면 제 어미를 쫓아가지 못하고 뒤처져 울고 있는 고양이 새끼일까.

이런 생각을 하고 있자니 내가 앉아 있는 곳이 아무도 돌아보지 않는 한데처럼 여겨졌다. 안도 아니고 바깥도 아닌 한데. 그 순간 마치 길고 긴 문장에 마침표를 찍듯 하늘에서 무언가 툭 하고 떨어져 내 발밑까지 굴러 왔다. 자세히 보니 감나무에서 떨어진 감이었다. 마침표처럼 동그랗고 단단한 감.

당하고 시키는 말로 뒤덮인 문장 ①

● 당할 수 없는 동사는 당하는 말을 만들 수 없다

당하는 말이나 시키는 말, 곧 피동被動과 사동使動은 모두 동사와 관련된 말이다. 가령 '먹다'라는 동사를 '먹히다'라고 쓰면 당하는 말이 되고 '먹이다'라고 쓰면 시키는 말이 된다. 먹히는 건 먹는 행위를 당하는 것이고, 먹이는 건 먹게끔 하는 것, 곧 먹도록 시키는 것이니까.

이렇게만 보면 무척 간단해 보인다. 하지만 모든 동사가 당하는 말과 시키는 말을 갖는 건 아니라는 데 문제가 있다. '설레다'라는 동사는 당하는 말도 시키는 말도 갖지 않는다. 설레는 일은 당할 수도 시킬 수도 없기 때문이다.

이처럼 당할 수도 시킬 수도 없는 동사를 당하거나 시키는 형태로 쓸 때가 적지 않다. 게다가 당하는 말을 한 번 더 당하게 만들어 쓰는 경우도 많다. 당연히 문장이 이상해진다. 아니 이상하고 어색해 보여야 마땅한데 습관처럼 쓰다 보니 그렇게 보이지 않는 게 외려 더 문제다.

1) 그러다가 언젠가는 크게 **데일** 날이 있을 거야.
2) 고기를 구워 먹고 나니 웃옷에 고기 냄새가 온통 다 **배였다**.

3) 그 사람을 다시 만난다는 생각만으로 마음이 **설레여** 잠을 이루지 못했다.

4) 점심 무렵까지도 날이 궂더니 어느새 활짝 **개여서** 하늘이 파래졌다.

5) 휴가가 너무 **기다려진다.**

6) 눈앞이 막막했는데 그런대로 **살아지더라고요.**

'불이나 뜨거운 기운으로 말미암아 살이 상하다, 몹시 놀라거나 심한 괴로움을 겪어 진저리가 나다'라는 뜻의 동사 '데다'는 당하는 말을 만들 수 없다. 무언가에 데는 것 자체가 이미 당하는 일이기 때문이다. 그러니 '데어, 데니, 데는, 덴, 델, 데었다'라고 써야지 사동이나 피동의 뜻을 더하는 접미사 '—이—'를 붙여 '데이어(여), 데이니, 데이는, 데인, 데일, 데였다'라고 활용해 쓰면 어색하다.

'냄새가 스며들어 오랫동안 남아 있다'라는 뜻의 동사 '배다' 또한 '데다'와 마찬가지로 당하는 말을 만들 수 없다. '배어, 배니, 배는, 밴, 밸, 배었다'로 활용해 써야지 '—이—'를 붙여 '배이어, 배이니, 배이는, 배인, 배일, 배이었(였)다'라고 쓸 수 없다.

'마음이 가라앉지 않고 들떠서 두근거린다'라는 뜻의 동사 '설레다' 또한 당하는 말을 만들 수 없는 동사다. 그러니 '설레어, 설레니, 설레는, 설렌, 설렐, 설렜다'로 활용할 수 있을 뿐 '설레이어(여), 설레이니, 설레이는, 설레인, 설레일, 설레였다'처럼 접사 '—이—'를 붙여 활용할 수 없다.

흐리거나 궂은 날씨가 맑아진다는 뜻의 동사 '개다' 또한 마찬가지 이유로 '개이다'로 쓸 수 없고, '어떤 사람이나 때가 오기를 바라다'는 뜻의 동사 '기다리다'도 당할 수 없는 일이니 '기다려지다'라고 쓸 수 없다. 설령 쓸 수 있다 해도 '기다려진다'고 말할 수 있는 주체는 '내'가 아니라 '휴가'가 되어야 하니(기다림을 당하는 건 내가 아니라 내가 기다리는 그 대상이니까) 어색하다. '살다'를 '살아지다'처럼 당하는 말로 만들어 쓰는 것도 어색하기는 마찬가지다.

1) 그러다가 언젠가는 크게 델 날이 있을 거야.

2) 고기를 구워 먹고 나니 웃옷에 고기 냄새가 온통 다 뱄다.

3) 그 사람을 다시 만난다는 생각만으로 마음이 설레 잠을 이루지 못했다.

4) 점심 무렵까지도 날이 궂더니 어느새 활짝 개어 하늘이 파래졌다.

5) 휴가를 손꼽아 기다린다. (또는) 휴가만 기다리고 있다.

6) 눈앞이 막막했는데 그런대로 살게 되더라고요.

세 번째 메일: 내 문장을 쓴다는 게 가능한 일인가요?

포스터에 들어갈 사진을 보내 달라는 강연 담당자의 문자를 받았다. 사진을 보낸 뒤에 강연 내용과 관련해서 몇 가지 사항을 메일로 문의했다. 이틀 뒤 이번엔 완성된 포스터를 확인해 달라는 문자를 받고 포스터까지 확인하고 나니 그제야 비로소 강연을 해야 한다는 부담감이 느껴졌다. 그 무렵 다시 메일을 받았다. 이번에도 역시 '함인주입니다'라는 제목이 붙어 있었다.

◇

제 문장을 꼼꼼히 분석해 주셔서 고맙습니다. 덕분에 제가 어떻게 문장을 써 왔는지 한눈에 조감할 수 있어서 큰 도움이 되었습니다. 이 정도의 답변을 받으리라고는 상상도 못 했던 터라 솔직히 감동했습니다. 더군다나 첨부해 주신 파일은 선생님 나름의 영업 비밀을 담고 있는 듯해 부담스럽기까지 하더군요. 제가 그만큼 선생님을 자극했나 싶어서 말이죠.

'적의를 보이는 것들'이라니, 재미있습니다. 겪어 보지 않으면 모르는 법이지요. 누구도 함부로 말할 수 없는, 저마다의 삶의 두께가 있다는 사실을 말입니다. 물론 그 두께란 차이를 따질 수 없는 두께겠지요. 그러니 기준이랄 것도 없고 정상적인 두께라고 말할 것도 없을 테고요. 그저 모두 하나같이 이상한 두께를 가진 셈이겠지요. 동의합니다. 그리고 단지 '규칙적으로 일관되게 이상하도록 다듬는' 일을 할 뿐이라는 선생님의 말씀도 충분히 이해합니다.

그런데…… 그런데 말입니다. 제가 처음에 물었던 '내 문장이 그렇게 이상한가요?'라는 물음에서 방점이 찍히는 부분이 '그렇게'나 '이상한가요?'가 아니라 '내 문장이'라면 어떨까요? 만약 제가 궁금했던 것이 '내 문장이 정상적이고 표준적인 문장에서 얼마나 떨어져 있는 문장인가요?'가 아니라 '내 문장이라는 게 그렇게 이상한 것인가요?'라면 어떻겠습니까? 말하자면 '내 문장을 쓴다는 게 가능한 일인가요?'라면 말입니다. 이상할까요? 이상한 물음이 될까요?

언어가 개인의 것일 수 없겠지만 어쨌든 대부분의 발화는 개인의 입을 통해 이루어지고 대부분의 문장 또한 개인의 손끝에서 나오는 것이니 말이나 문장에는 개인의 목소리가 들어 있어야 하지 않을까요? 하지만 선생님이 들려준 이야기에는 '개인의 목소리'가 들어 있지 않더군요. 선생님이 손보고 다듬는 문장은 분명 누군가 개인이 쓴 것이고 따라서 그 누군가의 목소리를 담고 있을진대 선생님이 손보고 다듬은 뒤에도 그 목소리는 그대로 살아

있는 건가요? 아니 손보고 다듬을 때 그 목소리를 염두에
두시기는 하는 건가요?

죄송합니다. 이 이상한 물음과 답변의 고리를 이젠 끊어
버려야겠다는 생각으로 메일에 파일까지 첨부하셨을
텐데 제가 어깃장을 놓고 말았군요. 마음이 동하지 않으면
답변하지 않으셔도 좋습니다. 첨부해 주신 파일, 다시 한번
감사드립니다. 잊지 않겠습니다. 그럼, 안녕히 계세요.

당하고 시키는 말로 뒤덮인 문장 ②

● 두 번 당하는 말을 만들지 말자

한국어 동사의 당하는 말은 기본형 어간에 접사 '―이―, ―히―, ―리―, ―기―'를 붙여 만들기도 하고, 보조 동사 '지다'를 '―아(어)지다' 구성으로 붙여 만들기도 한다. 물론 일부 명사 뒤에 '―당하다, ―되다, ―받다' 등을 붙여 당하는 말을 만들기도 한다.

'―이―, ―히―, ―리―, ―기―'를 붙여 만드는 경우는 '보다'에 '―이―'를 붙인 '보이다', '잊다'에 '―히―'를 붙인 '잊히다', '부르다'에 '―리―'를 붙인 '불리다', '찢다'에 '―기―'를 붙인 '찢기다' 등이 있다. '―아(어)지다'를 붙여 만드는 경우는 '벌이다'에 '―어지다'를 붙인 '벌어지다', '나누다'에 '―어지다'를 붙인 '나누어지다', '모으다'의 준말인 '모다'에 '―아지다'를 붙인 '모아지다' 등이 있다.

물론 예외도 있다. '남기다'는 '남다'에 '―기―'를 붙인 형태이지만 당하는 말이 아니라 시키는 말이고, '―어지다'를 붙인 '남겨지다' 또한 당하는 말이 아니라 다른 뜻을 갖는 동사다. '이루다'에 '―어지다'를 붙인 '이루어지다' 또한 당하는 말이 아니라 비슷한 뜻을 갖는 동사일 뿐이다.

문제는 '—이—, —히—, —리—, —기—'를 붙여 당하는 말로 만든 동사에 다시 '—아(어)지다'를 붙여 두 번 당하게 만드는 경우다.

1) 둘로 **나뉘어진** 조국

2) 깜빡하고 키를 차 안에 두고 내렸지 뭐야. **잠겨진** 차문을 여느라 할 수 없이 사람을 불렀지 뭐.

3) 그때 그 사건이 20년이 지난 지금까지도 **잊혀지지** 않는다.

4) 마음이 갈가리 **찢겨져** 고통당하는 피해자들을 보살펴야 합니다.

5) **벌려진** 틈으로 누군가 지나는 모습이 희미하게 보였다.

6) 생존자의 이름이 **불려질** 때마다 환호성과 한숨 소리가 강당을 메웠다.

7) 각국 정상들은 회담에 앞서 기자 회견을 열 것으로 **보여집니다.**

8) 12월이 되면 시민들의 관심이 불우 이웃에게 **모아진다.**

'나누다'의 당하는 말은 '—이—'를 붙인 '나뉘다'와 '—어지다'를 붙인 '나누어지다' 두 가지다. '나뉘어지다'라고 쓰면 두 번 당하게 만드는 셈이다.

'잠그다'의 당하는 말은 '—이—'를 붙인 '잠기다'이다. '잠겨지다'는 '잠기다'에 다시 '—어지다'를 붙여 두 번 당하게 만든 것이다.

'잊다'의 당하는 말은 '-히-'를 붙인 '잊히다'이다. 그러니 '잊혀지다'는 '잊히다'에 다시 '-어지다'를 붙여 두 번 당하게 만든 것이다.

'찢다'의 당하는 말은 '-기-'를 붙인 '찢기다'와 '-어지다'를 붙인 '찢어지다' 두 가지다. '찢겨지다'는 '찢기다'에 다시 '-어지다'를 붙여 두 번 당하게 만든 것이다.

'벌리다'와 '벌이다'의 당하는 말은 '벌어지다' 하나뿐이다. 그러니 '벌려지다'나 '벌여지다'라고는 쓰지 않는다.

'부르다'의 당하는 말은 '-리-'를 붙인 '불리다'이다. '불려지다'는 '불리다'에 다시 '-어지다'를 붙여 두 번 당하게 만든 것이다.

'보다'의 당하는 말은 '-이-'를 붙인 '보이다'이다. '보여지다'는 '보이다'에 다시 '-어지다'를 붙여 두 번 당하게 만든 것이다.

'모으다'의 당하는 말은 '-이-'를 붙인 '모이다'이다. 그런데 '모으다'의 준말인 '모다'의 당하는 말이 '-아지다'를 붙인 '모아지다'여서 '모이다'와 '모아지다' 두 가지를 당하는 말로 쓴다. 당연히 '모여지다'라고는 쓰지 않고, '모아지다' 또한 '팔을 다쳐서 두 손이 모아지질 않아', '아무리 아껴 써도 돈이 모아지지 않습니다'라고 쓸 수는 있어도 '관심이 모아진다'라거나 '눈길이 모아진다', '정성이 모아진다'처럼 추상적인 대상에 쓰는 건 어색하다.

1) 둘로 나뉜(나누어진) 조국

2) 깜빡하고 키를 차 안에 두고 내렸지 뭐야. 잠긴 차문을 여느라 할 수 없이 사람을 불렀지 뭐.

3) 그때 그 사건이 20년이 지난 지금까지도 잊히지 않는다.

4) 마음이 갈가리 찢겨 고통당하는 피해자들을 보살펴야 합니다.

5) 벌어진 틈으로 누군가 지나는 모습이 희미하게 보였다.

6) 생존자의 이름이 불릴 때마다 환호성과 한숨 소리가 강당을 메웠다.

7) 각국 정상들은 회담에 앞서 기자 회견을 열 것으로 보입니다.

8) 12월이 되면 시민들의 관심이 불우 이웃에게 모인다.

네 번째 메일: 몸에 새기는 문장

메일을 읽고 또 읽었다. 그런데도 이해할 수 없었다. 처음엔 글의 내용을 이해하지 못한다고 여겼는데 알고 보니 내가 이해하지 못한 건 글쓴이의 의도였다. 충분한 답변을 했는데도 불구하고 일면식도 없는 내게 이런 식으로 계속 메일을 보내는 이유를 알 수 없었다. 마치 범인을 다 잡았는데도 사건이 다시 미궁 속으로 빠져드는 삼류 범죄 소설을 읽는 것만 같았다. 답장을 쓰고 싶지도 않았지만 설령 그럴 마음이 있더라도 어떻게 써야 할지 갈피조차 잡을 수 없었으리라.

어차피 강연 준비에 신경을 써야 했으므로 메일은 잊기로 했다. 그런데 상대는 게임을 멈출 생각이 없어 보였다. 이틀 뒤 나는 네 번째 메일을 받았다.

◇

혹시 프란츠 카프카의 단편 소설 「유형지에서」를 읽어
보셨는지요? 기계 이야기입니다.
죄수들이 끌려가는 어느 유형지에서 한 장교가 죄수를
단죄하는 기계를 관리합니다. 죄수를 기계에 눕히면
기계에 달린 바늘이 죄수의 몸에 그가 저지른 죄목을 새겨

넣는 식이죠. 죄수는 피를 흘리며 죽어 가다 결국 구덩이에 버려집니다. 죄수에게는 그 자체가 재판이자(자신의 죄목을 알리는 거니까요) 형벌이랄 수 있습니다(그 자체가 치욕이고 고통이니까요). 그런데 어느 날 신임 사령관의 부탁을 받은 연구자가 기계를 살피러 옵니다. 전임 사령관과 함께 그 기계를 도안하고 관리해 온 장교는 치욕을 느끼죠. 합리적이기 이를 데 없다고 믿었던 자신의 기계가 비인간적인 도구로 치부되는 순간이니 왜 안 그렇겠습니까. 그는 연구자가 지켜보는 가운데 자발적으로 기계 위에 눕습니다. 그리고 기계가 자신의 몸에 새길 문장을 미리 보여 주는데, 그 문장은 바로 '공정하라!'입니다. 이 짧은 소설에서 아마도 가장 역설적인 부분일 텐데, 여기서 기계는 놀랍게도 장교의 몸에 '공정하라!'라는 문장을 새겨 넣습니다.

소설에 나오는 기계는 실제 비인간적으로 작동합니다. 그것은 아마도 기계가 이루는 세계에는 나머지가 없기 때문이겠죠. 조립을 끝낸 뒤에 볼트나 너트가 남는다면, 또는 부품은 남지 않더라도 빈자리가 남는다면 기계로서 작동할 수 없을 겁니다. 나머지를 갖지 않고 빈자리도 없는 기계는 이처럼 자기 완결적이라 치욕을 알지 못하죠. 치욕이란 스스로를 나머지나 빈자리로 여기는 감정에서 비롯되는 것이니까요.

정작 죄수에게 치욕을 심어 주는 기계는 그저 합의된 대로 실행할 뿐, 치욕이 무엇인지 모릅니다. 장교가 연구자에게

"그 치욕을 아십니까?"라고 물을 때조차 기계는 말이 없죠.
장교가 말한 치욕이란 자신이 기계와 함께 누렸던 과거의
영광이 이젠 거꾸로 치욕이 되었다는 것, 즉 스스로
나머지가 되고 빈자리가 되었다는 것이겠죠.

그렇다면 '공정하라!'라는 문장은 죄목일까요 아니면
자기주장일까요? 자기주장이라면 장교의 것인가요
아니면 기계의 것인가요? 합의된 대로라면 기계는 그 순간
작동을 멈춰야 하지만 그러지 않습니다. 합의된 대로라면,
그리고 장교 스스로 연구자에게 줄곧 강조해 온 대로 기계
장치에 한 치의 결함도 없으며 신임 사령관과 그 무리들이
비인간적이라는 구실로 자신을 모함하는 것이라면, 기계는
장교를 뱉어 내야만 합니다. 장교가 기계를 이용해 자신의
결연한 의지를 표명하려 했다 해도 기계는 그런 식의
사용을 거부해야 마땅하죠. 합의를 거스르는 것이니까요.
그러나 기계는 작동합니다. 마치 스스로의 죄목을 새기듯이
말이죠. 그런데도 기계는 치욕을 모릅니다. '공정하라'라는
문장과 '상관에게 무조건 복종하라'라는 문장의 차이를
기계는 알지 못하는 겁니다. 기계적이라는 말은 반성과
회의를 모른다는 말이고 따라서 '자기'를 갖지 않는다는
말이니까요. 합의의 세계는 바로 이런 기계의 세계일
겁니다. 합의된 내용보다 형식을 그 생명력으로 삼음으로써
참여자들을 나머지로 만드는 세계 말이죠.

말과 글 또한 합의에 기반을 둔 시스템이라면 '나'는

말을 하고 글을 쓰면서 늘 치욕을 느껴야 하는 걸까요?
합의된 대로 말하거나 쓰지 않으면 내 생각이나 의도는
물론 느낌조차 표현할 수 없다는 치욕 말입니다. 끊임없이
말하고 쓰면서도 끊임없이 그 말과 글의 세계에서
나머지로 남을 수밖에 없는 치욕…….

하지만 합의는 그 치욕을 모르고 치욕을 느끼는
개별자들은 합의를 거부할 수 없죠. 문제는 우리가
느끼는 그 치욕을 어떤 방법으로 표현할 수 있겠느냐는
겁니다. '내 문장'이 가능해지는 순간, 과연 나는 그 치욕을
말할 수 있을까요? 마치 자신이 공정했음을 주장하기 위해
'공정하라!'라는 문구를 몸에 새기고 죽어 간 장교처럼 우리
또한 우리의 문장을 각자의 몸에 새겨야 할까요?

당하고 시키는 말로 뒤덮인 문장 ③

시키는 말이 문제가 되는 경우는 많지 않다. 다만 접미사 '—시키다'를 써서 동사를 만들 때, 의도한 것과는 전혀 다른 뜻으로 쓰일 때가 있다.

1) 부모로서 자식을 제대로 **교육시키지** 못한 점 반성합니다.
2) 문제를 **야기시킨** 학생들 모두 정학 처분을 면치 못할 것이다.
3) 업무 환경을 **개선시키기** 위해 정보망을 손볼 예정입니다.
4) 소비자와 생산자를 직접 **연결시켜** 양쪽 모두에게 이익을 가져다주다.
5) 학생들에게 단지 지식을 **주입시키는** 것을 감히 교육이라고 말할 수 있겠습니까.
6) 자신의 공을 **부각시키려고** 다른 사람이 이룬 성과를 폄하하다니 정말 이기적이다.
7) 수감자를 모두 **석방시키라는** 명령을 받았습니다.
8) 독재자는 권력을 쥐자마자 곧바로 국민을 **세뇌시키는** 작업에 돌입했다.
9) 좋은 사람 있으면 **소개시켜** 줘.
10) 네 뜻을 **관철시키려면** 우선 가족부터 **설득시켜야** 하지 않

을까.

11) 협상을 **지연시킨** 건 노조가 아니라 사측입니다.

12) 그 문제는 지금 검토 중인 정책과 **결부시킬** 사안이 못 된다.

13) 전염병 환자를 **격리시켜** 치료할 병동이 턱없이 부족한 형편
이다.

14) 죄인을 **은닉시킨** 자 또한 그에 상응하는 죗값을 치를 것
이다.

15) 피의자의 주장이 옳다는 걸 **입증시킬** 만한 증거가 부족하다.

16) 물건을 올리는 일은 일단 탁자의 다리를 **고정시키고** 나서
하자.

17) 노예를 **해방시키고** 노예 문서를 불태운 뒤 그는 산으로 들어
가 버렸다.

18) 비효율적인 업무 환경이 업무 부담을 **가중시킨다.**

19) 의혹을 **증폭시키는** 행동을 일삼으면서 무조건 무죄를 주장
하니 누가 들어주겠는가.

20) 이 상황에서 효모를 **증식시킬** 방법을 강구해 봐야겠다.

21) 한쪽이 기운을 모두 **소진시키고** 쓰러질 때까지 경기는 끝나
지 않았다.

22) 수적으로 우세한 적군을 **격퇴시키기** 위해서는 치밀한 전술
을 세워야 한다.

23) 계약 기간을 **연장시키고** 나니 마음이 놓인다.

24) 장군은 가까스로 성을 **함락시키고** 적장의 목을 베어 버렸다.

각 문장에서 '一시키다'가 붙은 표현을 유심히 살펴보면 한 가지 공통점이 보인다. 모두 한자어 명사에 '一시키다'를 붙여 동사를 만들었다는 점이다. 한자어에는 '一하다'보다 '一시키다'가 더 어울려서일까? 아니면 무엇이 됐든 직접 하기보다는 시키는 게 그럴듯해 보여서일까? 하도 '시키다'를 붙여 쓰다 보니 이젠 한자어가 아닌 말에도 '시키다'를 붙인다. 거리를 지나다 두 연인이 싸우는 걸 목격한 적이 있는데, 그때 한쪽이 목소리를 높여 이렇게 말하는 걸 들었다.

"너 자꾸 거짓말시킬래?"

말 그대로라면 '너 왜 나한테 자꾸 거짓말을 하라고 부추기는 거야!'라고 해석해야 맞는다. 하지만 그런 뜻으로 이렇게 목청을 높였을 리 없다. '너 자꾸 거짓말할래?'라고 말해야 하는데 '거짓말시킬래?'라고 말한 것뿐이다. 한자어에 '一시키다'를 잘못 붙여 쓰다 보니 우리말 동사에도 그 잘못된 습관이 서서히 번져 가는 것이다.

앞에 열거한 문장들에 쓰인 표현을 하나씩 살펴보자.

1) 가르치는 건 교육하는 것이지 교육시키는 것이 아니다.

2) '야기惹起하다'는 '일이나 사건 따위를 끌어 일으키다'

라는 뜻의 동사다. 그 자체로 일으키는 것이니 굳이 '―시키다'를 붙일 필요가 없다. 그러니 문제나 혼란을 야기하는 것이지 야기시키는 것이 아니다.

3) '개선改善하다'는 '잘못된 것이나 부족한 것, 나쁜 것 따위를 고쳐 더 좋게 만들다'라는 뜻을 갖는 동사다. 더 좋게 만든다는 뜻이니 역시 '―시키다'를 붙일 까닭이 없다. 체질을 개선하고 처우를 개선하는 것이지, 체질을 개선시키고 처우를 개선시키는 것이 아니다.

4) '연결連結하다'는 '사물과 사물 또는 현상과 현상이 서로 이어지거나 관계를 맺다'라는 뜻의 동사다. 굳이 '연결시키다'라고 쓸 필요는 없다. '소비자와 생산자를 직접 연결해 양쪽 모두에게 이익을 가져다주다'라고 쓰면 그뿐이다.

5) '주입注入하다'는 '흘러 들어가도록 부어 넣다, 기억과 암기를 주로 하여 지식을 넣어 주다'라는 뜻의 동사다. 이미 부어 넣거나, 넣어 준다는 뜻이 들어 있으니 '주입시키다'라고 쓸 까닭이 없다. 체액을 주입하는 것이지 주입시키는 것이 아니다.

6) '부각浮刻하다'는 '어떤 사물을 특징지어 두드러지게 하다, 주목받는 사람, 사물, 문제 따위로 나타나다'라는 뜻의 동사다. '두드러지게 하다, 나타나다'가 뜻풀이에 들어 있다. 공을 부각하는 것이지 부각시키는 것이 아니다.

7) '석방釋放하다'는 '법에 의하여 구속했던 사람을 풀어 자유롭게 하다'라는 뜻의 동사다. '자유롭게 하다'라는 뜻이니 '─시키다'를 붙일 이유가 없다. 수감자는 석방하는 것이지 석방시키는 것이 아니다.

8) '세뇌洗腦하다'는 '사람이 본디 가지고 있던 의식을 다른 방향으로 바꾸게 하거나, 특정한 사상·주의를 따르도록 뇌리에 주입하다'라는 뜻의 동사다. 바꾸게 하거나 주입한다는 뜻이니 역시 '─시키다'를 쓸 이유가 없다.

9) '소개紹介하다'는 '둘 사이에서 양편의 일이 진행되게 주선하다, 서로 모르는 사람들 사이에서 양편이 알고 지내도록 관계를 맺어 주다, 잘 알려지지 않았거나, 모르는 사실이나 내용을 잘 알도록 설명하다'라는 뜻의 동사다. 주선하고 관계를 맺어 주고 설명한다는 뜻을 갖는 동사이니 역시 '─시키다'를 붙일 까닭이 없다.

10) '관철貫徹하다'는 '어려움을 뚫고 나아가 목적을 기어이 이루다'라는 뜻의 동사다. 그러니 '관철하다'만으로 충분하지 굳이 관철시킬 까닭이 없다.
'설득說得하다'는 '상대편이 이쪽 편의 이야기를 따르도록 여러 가지로 깨우쳐 말하다'라는 뜻의 동사다. 뜻풀이에 이미 깨우친다는 뜻이 있으니 '설득시키다'라고 쓸 이유가 없다.

11) '지연遲延하다'는 '무슨 일을 더디게 끌어 시간을 늦추

135

다'라는 뜻의 동사다. 더디게 끌고 시간을 늦춘다는 뜻이 풀이에 이미 들어 있다. 협상을 지연시키는 것이 아니라 지연하는 것이다.

12) '결부結付하다'는 '일정한 사물이나 현상을 서로 연관시키다'라는 뜻의 동사다. 뜻풀이에 이미 '―시키다'가 들어 있다. 정책과 결부시킬 사안이 못 되는 것이 아니라 결부할 사안이 못 되는 것이다.

13) '격리隔離하다'는 '다른 것과 통하지 못하게 사이를 막거나 떼어 놓다, 전염병 환자나 면역성이 없는 환자를 다른 곳으로 떼어 놓다'라는 뜻의 동사다. 떼어 놓는다는 뜻이니 '―시키다'가 들어갈 자리는 없다. 전염병 환자는 격리하는 것이지 격리시키는 것이 아니다.

14) '은닉隱匿하다'는 '남의 물건이나 범죄인을 감추다'라는 뜻의 동사다. 감추는 것이 곧 은닉하는 것이니 '―시키다'를 붙이는 건 어울리지 않는다. 그러니 '죄인을 은닉한 자'라고 써야지 '은닉시킨 자'라고 쓰면 어색하다.

15) '입증立證하다'는 '어떤 증거 따위를 내세워 증명하다'라는 뜻의 동사다. 그러니 입증할 만한 증거가 부족한 것이지 입증시킬 만한 증거가 부족한 것이 아니다.

16) '고정固定하다'는 '한번 정한 대로 변경하지 아니하다, 한곳에 꼭 붙어 있거나 붙어 있게 하다'라는 뜻의 동사다. '붙어 있게 하다'가 뜻풀이에 들어 있으니 탁자 다

리를 고정하는 것이지 고정시키는 게 아니며, 시선 또한 고정하는 것이지 고정시키는 게 아니다.

17) '해방解放하다'는 '구속이나 억압, 부담 따위에서 벗어나게 하다'라는 뜻의 동사다. 벗어나게 하는 것이 곧 '해방하다'이다. 그러니 노예를 해방한 것이지 해방시킨 것이 아니다.

18) '가중加重하다'는 '책임이나 부담 따위를 더 무겁게 하다'라는 뜻의 동사다. '무겁게 하다'가 뜻풀이에 들어 있다. 그러니 업무 부담을 가중하는 것이지 가중시키는 것이 아니다.

19) '증폭增幅하다'는 '사물의 범위가 늘어나 커지다. 또는 사물의 범위를 넓혀 크게 하다'라는 뜻의 동사다. '넓혀 크게 하다'가 들어 있으니 의혹을 증폭하는 것이지 증폭시키는 것이 아니다.

20) '증식增殖하다'는 '늘어서 많아지다. 또는 늘려서 많게 하다'라는 뜻의 동사다. 그러니 효모를 증식하는 것이지 증식시키는 것이 아니다.

21) '소진消盡하다'는 '점점 줄어들어 다 없어지다. 또는 다 써서 없애다'라는 뜻의 동사다. 다 써서 없앤다는 뜻이 있으니 기운을 소진하는 것이지 소진시키는 것이 아니다.

22) '격퇴擊退하다'는 '적을 쳐서 물리치다'라는 뜻의 동사다. 그러니 적군을 격퇴하는 것이지 격퇴시키는 것이

아니다.

23) '연장延長하다'는 '시간이나 거리 따위를 본래보다 길
　　게 늘리다, 어떤 일을 계속하다 또는 하나로 잇다'라는
　　뜻의 동사다. 그러니 계약 기간을 연장하는 것이지 연
　　장시키는 것이 아니다.

24) '함락陷落하다'는 '땅이 무너져 내려앉다, 적의 성, 요
　　새, 진지 따위를 공격하여 무너뜨리다'라는 뜻의 동사
　　다. 그러니 적의 성을 함락하는 것이지 함락시키는 것
　　이 아니다.

이 밖에도 '압축시키다, 유발시키다, 조련시키다, 매장
시키다, 제거시키다' 등 흔히 한자어에 '—시키다'를 붙여
쓰는 낱말들 대부분은 사실 '압축하다, 유발하다, 조련하
다, 매장하다, 제거하다'와 같이 '—하다'를 붙여야 어색하
지 않다.

메일을 반복해서 여러 번 읽고 난 뒤에, 나는 아주 긴
답장을 썼다.

◇

메일의 내용이 제겐 좀 뜬금없어서 한동안
어리둥절했습니다. 한참 고민하다가 겨우 답장을 씁니다.
카프카가 어떤 생각으로 「유형지에서」라는 소설을
썼는지는 제 관심 사항이 아닙니다. 다만 저는 카프카가
어떻게 그 소설을 썼을지 상상해 보았습니다. 과연 자신이
머릿속에 구상한 내용이며 장면을 어떤 방법으로 묘사하고
표현했을까요?
모르긴 해도 왼쪽에서 오른쪽으로, 위에서 아래로
한 문장씩 써 내려갔을 겁니다. 만일 글쓰기에 기계적인
합의가 존재한다면 저는 바로 이걸 유일한 예로 들고
싶습니다. 나머지는 제가 왈가왈부할 것이 못 되니까요.
누구나 왼쪽에서 오른쪽으로, 위에서 아래로 문장을
씁니다. 이 말은 누구나 왼쪽에서 오른쪽으로, 위에서
아래로 문장을 읽는다는 이야기와 다르지 않습니다.
가령 선생님이 좋아하는 영화의 한 장면을 떠올려 보시죠.

인물이든 풍경이든 중심 장면이 있고 배경이 있을 겁니다. 모든 곳에 똑같이 초점을 둘 수는 없겠지만 어쨌든 배경에 등장하는 것들까지 한 화면에 다 들어 있어서 시선에도 한꺼번에 들어온 것이겠죠. 자, 그럼 그 장면을 문장으로 묘사해 보시죠. 어떤 일이 벌어지나요? 영화의 장면처럼 한눈에 들어오도록 단 한 문장으로 묘사할 수 있을까요? 안타깝지만 그럴 수는 없습니다. 화면을 가득 채운 것들을 하나씩 묘사해야 하니까요. 왼쪽에서 오른쪽으로 그리고 위에서 아래로 이동해 가면서 어떤 것을 부각하고 어떤 것을 배경으로 미뤄 둘지를 판단해 가면서 문장을 하나씩 쌓아 가야 합니다.

그럼 그렇게 쌓인 문장들이 모여서 선생님이 묘사하고자 하는 풍경을 이루는 것일까요? 아니, 그렇지 않습니다. 그렇게 쌓인 문장들을 왼쪽에서 오른쪽으로 그리고 위에서 아래로 이동해 가면서 읽는 동안 읽는 사람의 머릿속에 그 풍경이 이미지로 새겨질 뿐이죠.

묘사만 이럴까요? 아닙니다. 설명도 마찬가지고 심지어는 논리 전개도 다르지 않습니다. 설득력이나 논리적 완결성 또한 왼쪽에서 오른쪽으로 그리고 위에서 아래로 읽어 나가는 동안 함부로 방향을 바꾸거나 건너뛰지 않아야 얻을 수 있지 않겠습니까. 요컨대, 어디나 마찬가지겠지만, 문장에서도 당연히 가장 중요한 두 축, 즉 시간과 공간을 '왼쪽에서 오른쪽으로, 위에서 아래로'라는 틀에 담아야 한다는 것이죠.

합의가 과연 그렇게 기계적이기만 할까요? 겉으로 보기에만 그럴지도 모릅니다. 교정지를 봐도 알 수 있잖습니까. 선생님과 이렇게 메일을 주고받게 만든 바로 그 교정지 말입니다. 다른 저자분들의 교정지나 선생님의 교정지나 형식은 다르지 않습니다. 외람된 말씀이지만, 각자 자신의 교정지를 펼쳐 들고 멀찍이 떨어져 서 있는 모습을 머릿속에 그려 봅니다. 아마도 이것이야말로 형식이고 합의의 기계적인 면이 아닐까요. 형식이 같다고 해서 그 모든 교정지가 같은 내용을 담고 있다고 생각하는 사람은 없겠죠. 게다가 각각의 교정지에는 문장들이 책에 실린 그대로 적혀 있는 것도 아닙니다. 각자의 글쓰기 습관을 고스란히 담고 있는 비문과 오문 들이 나열되어 있죠. 수정 사항도 제각각이어서 어떤 교정지는 새빨갛게 수정되는가 하면 어떤 교정지는 수정 흔적이 거의 없기도 합니다. 물론 모든 저자가 합의된 내용에 따라 글을 쓰기 위해 애쓰긴 하죠. 심지어는 전전긍긍할 때도 있습니다. 하지만 비문과 오문은 어디서든 발견할 수 있습니다. 이건 뭘 말하는 걸까요? 합의에는 이미 치욕이 포함되어 있다는 걸 말하는 게 아닐까요? 어쩌면 선생님이 말한 그 치욕이야말로 합의를 더욱 강력하게 만드는 기제가 아닐까 하는 생각마저 드는군요. 치욕을 느끼면서 합의를 다시 생각하고 다시 치욕을 느끼고…… 이 악순환을 끊는 방법은 무수한 비문과 오문을

쓰는 실험을 통해 나를 표현하는 다른 방법을 찾는 것이
아닐까요. 다른 시간과 공간, 그러니까 다른 거리감과
감수성을 찾는달까요. 그것도 최대한 즐겁게 말이죠.

추신: 그 바늘 말입니다. 무척 아팠겠네요. 과연
그 아픔마저도 합의의 기계적인 측면이라고 말할 수
있을까요?

● 뭘 시켜 줄 수 있을까?

'—시키다'를 붙이는 것에 만족하지 못하고 보조 동사 '주다'까지 덧붙이는 경우도 있다. 가령 '좋은 사람 있으면 소개시켜 줘'라고 할 때처럼.

하지만 '시켜 주다'는 '내가 나가는 길에 짜장면 시켜 줄게'라고 말하거나 '그래서 감독이 너를 주인공 시켜 준다고 하던?'이라고 말할 때 말고는 쓸 일이 없다. 말하자면 '시키다'가 본동사로 쓰일 때 말고는 '—시키다'에 '주다'를 붙일 일은 없다는 얘기다.

그러니 '소개시켜 주다', '발전시켜 주다', '연결시켜 주다', '부각시켜 주다', '만족시켜 주다', '주목시켜 주다', '감동시켜 주다' 등등의 표현은 어색하다. '—시키다'를 붙일 필요가 없는 동사라면 '—해 주다'로 바꾸고, '—시키다'를 붙여도 되는 동사라면 '주다'를 빼고 '—시키다'만 붙여 쓰면 된다. 그러니 '소개해 주다', '발전시키다', '연결해 주다', '부각해 주다', '만족시키다', '주목시키다', '감동시키다' 등으로 바꿔야 어색하지 않다.

- 모두 5천 원이십니다

　　모 일간 신문에 존칭을 나타내는 선어말 어미 '一시一'가 잘못 쓰인 예들이 실린 적이 있다.

1) 주문하신 커피 **나오셨습니다.**

2) 할인이 **적용되셨습니다.**

3) 탈의실은 **이쪽이세요.**

4. 모두 **5천 원이십니다.**

5) 이벤트는 이미 **마감되셨습니다.**

6) **포장이신가요?**

7) 음료는 **품절이세요.**

8) 사이즈가 **없으십니다.**

9) 빨대는 뒤편에 **있으세요.**

10) 잠시만 **기다리실게요.**

11) 이 제품이 더 **좋으세요.**

　　높임말에 쓰이는 선어말 어미 '一시一'는 원래 동사에 붙는다. '가세요, 오세요, 드세요, 말씀하세요, 누우세요, 걸으세요'처럼 주로 동작을 나타내는 동사에 붙여 그 주체를 높일 때 쓰이기 때문이다. 그런데 형용사에 쓰는 것도 허용될 때가 있다. 이른바 간접 높임말을 쓸 때다. 가령 '피부가 깨끗하시네요', '눈이 높으시군요', '손주 보시니까 좋으시죠?' 등으로 쓸 때다. 하지만 가끔은 그 간접의 경계가 분명치 않아서 지나치다고 느껴질 때도 많다. 가령 '옳으신 말씀입니다', '이 요양 병원에는 연세 드신 분들이 많으십니다' 같은 표현이 제대로 높인 경우인지 아닌지 가리기가 쉽지 않다. 그렇더라도 앞에 열거한 문장들이 어색하다는 건 의심의 여지가 없다.

1)   주문하신 커피 나왔습니다.

2)   할인이 적용되었습니다.

3)   탈의실은 이쪽이에요.

4)   모두 5천 원입니다.

5)   이벤트는 이미 마감되었습니다.

6)   포장해 가실 건가요?

7)   음료는 품절되었네요.

8)   사이즈가 없는데 어떡하죠?

9)   빨대는 뒤편에 있습니다.

10) 잠시만 기다려 주십시오.

11) 이 제품이 더 좋은데요.

당연히 이렇게 써야 맞는다. 아마 말은 달리 해도 문장으로 적어 놓으면 어색한 표현이라는 걸 누구나 금방 알 수 있으리라. 그런데도 이렇게 잘못된 높임말을 많이 쓰는 이유는 뭘까? 그만큼 이 사회에 감정 노동에 시달리는 사람들이 많아졌고 그 강도 또한 세졌다는 뜻이 아닐까? 그러니 아무 데나 '—시—'를 붙여 쓰는 건 일종의 비아냥거림이자 비명인지도 모르겠다.

그런가 하면 굳이 높이지 않아도 되는 것에 높임말을 썼는데도 듣기 좋은 경우가 있다. 가령 어르신들이 몸이 찌뿌드드할 때 하늘을 올려다보며 하시는 말씀.

"비가 오시려나."

혹은 하대를 해도 무방한 상대에게 높임말을 쓸 때.

"여보, 안녕히 잘 가시게."

이럴 때 높임을 뜻하는 선어말 어미 '—시—'는 '시'詩가 되기도 한다.

다섯 번째 메일: 이해한 자 오해한 자

◇

제가 문장을 오해한 것일까요? 아니, 문장이 저를
오해했는지도 모르죠.

오해는 자연스럽게 거리를 만듭니다. 거리는 너무도
자연스럽게 풍경을 만들고 시선을 만들죠. 이해한 자는 결코
가질 수 없는 시선과 결코 볼 수 없는 풍경. 그것이 설사
왜곡된 시선이고 왜곡된 풍경일지라도 말입니다.

이해한 자는 풍경을 갖지 않습니다. 아니, 풍경을 가질
필요가 없는지도 모릅니다. 왜냐하면 이해한 자는 자신과
이해된 것 사이에 거리를 둘 필요가 없기 때문이죠.
그 거리를 좁히기 위해 이해한 것인데 굳이 거리를 두는 건
바보 같다고 여기기 때문입니다. 따라서 이해한 자가
갖는 것은 풍경이 아니라 장면이죠. 이해한 자신과 이해된
대상이 함께하는 장면. 하지만 오해하고 오해된 자들은
거리를 갖고 풍경을 갖습니다. 어떻게 해도 좁혀지지 않는
거리와 어떻게 해도 내게로 와서 장면이 될 수 없는 풍경을
말이죠.

어떻게 해도 좁혀지지 않는 그 거리를 시선이 대신 메워
준다고 생각해도 될까요? 시선은 몸이 좁히지 못하는

거리를 대신 좁혀 주기도 하고, 넘어서거나 물러날 수
없는 신체를 대신하기도 하니까요. 때로는 신체에서
시선을 뺏거나 더해 주기도 하는데, 보고 있으면서 보지
않는 시선이나 보고 있지 않으면서 보는 시선이 그렇다고
생각합니다.

아우구스티누스는 자신의 『고백록』 1권에서 9권까지에,
어린 시절 그저 재미로 남의 과수원에서 배를 훔친
사건과 친구의 때 이른 죽음 그리고 성적 편력들을 지나
평생 자신을 위해 기도해 준 어머니의 죽음, 개종을 통해
다른 삶을 찾기까지 일련의 과정을 고스란히 담았죠.
훗날 성장 소설이라는 이름으로 끊임없이 재현될 형식을
만들어 낸 셈입니다. 그리고 나머지 10권에서 13권까지는
그 해제라고 할 만한 내용으로 채웠고요.

"내겐 나 자신이 문젯거리였다"고 고백하는
아우구스티누스에겐 분열된 자신을 드러낼 형식이
필요했을 겁니다. 단순한 고백체 문장으로는 자신의
고백처럼 "시간 속에서 산산이 분열된" 자신을 담을 수
없었을 테니까요. 그러기 위해선 문장 안에 다양한 거리와
시선을 담을 수 있어야 했겠죠. 말하자면 문장 자체가
풍경이 되어야 했을 겁니다.

나는 여기 있고 내가 가야 할 곳이 저기 빤히 보이는데
나는 왜 저곳에 가지 못하는가. 내가 갈 수 없다는 걸 나는
아는가? 아니면 모르는가? 안다고 하면 내 의지는 위선이

되고 모른다고 해도 달라질 건 없습니다. 그렇다면 나는 아는 것도 아니고 모르는 것도 아닌 상태에서 그 거리를 빤히 바라보고 있을 뿐이죠. 마음으로는 이미 수도 없이 건너가 버린 그 거리를 가만히 앉아 지켜보고만 있는 겁니다. 누군가에겐 그 모습이 내가 속한 풍경이기도 하고 내 모습 자체가 풍경이기도 하겠지만, 최소한 내겐 결코 풍경이 될 수 없죠. 왜냐하면 내가 지켜보고 있는 것은 풍경을 만드는 거리 그 자체이기 때문입니다.

문장의 시선은 결국 거리를 좁히려는 나의 의지와 당겨지지 않으려는 풍경 사이의 긴장감이 만드는 것 아닐까요.

사랑을 할 때와 사랑할 때의 차이

● ―을 하다, ―하다

'내가 사랑할 때'라는 문장과 '내가 사랑을 할 때'라는 문장은 다른 뜻을 갖는 문장일까? 글쎄, 어딘지 달라 보이기도 하고 그게 그거인 것 같기도 하다. 굳이 차이를 가르자면 우선 '내가 사랑할 때'라는 문장에는 '사랑하다'라는 동사가 쓰인 반면, '내가 사랑을 할 때'라는 문장에는 '하다'라는 동사에 '사랑'이 목적어로 쓰였다.

그러니 '내가 사랑할 때'라고 쓰면 적시하지 않은 목적어, 곧 사랑하는 대상이 중요한 것처럼 보이고, '내가 사랑을 할 때'라고 쓰면 대상이 누가 됐든 '내가 사랑을 한다는 것'이 중요하게 보인달까. 써 놓고도 좀 억지스럽다.

어쨌든 '사랑한다'고 말하거나 쓰면 '누군가를' 사랑한다는 의미이고, '사랑을 한다'고 말하거나 쓰면 다른 무엇이 아닌 바로 '사랑을' 한다는 의미겠다.

멋진 그림으로 **장식을 했다.**

멋진 그림으로 **장식했다.**

첫째 문장에서는 '하다'라는 동사에 '장식'이 목적어로 쓰인 반면 둘째 문장에서는 '장식하다'라는 동사가 쓰였다. 그러니 첫째 문장은 멋진 그림으로 다른 걸 할 수도 있는데 굳이 장식을 했다는 뜻인 반면, 둘째 문장은 다름 아닌 멋진 그림으로 장식했다는 뜻이다.

고생 끝에 대도시에 **정착을 했다**.
고생 끝에 대도시에 **정착했다**.

첫째 문장에서는 동사 '하다'에 '정착'이 목적어로 쓰인 반면, 둘째 문장에서는 '정착하다'라는 동사가 쓰였다. 그러니 첫째 문장은 대도시에서 고생 끝에 겨우 한 것이 정착이었다는 뜻인 반면, 둘째 문장은 대도시에 정착하기 위해 고생했는데 결국 목표를 이루었다는 뜻이다.

그들은 책임자를 찾아가 직접 **요구를 했으며**, 요구 사항이 받아들여지자 비로소 **안심을 했다**.
그들은 책임자를 찾아가 직접 **요구했으며**, 요구 사항이 받아들여지자 비로소 **안심했다**.

첫째 문장에서는 '하다' 동사에 '요구'와 '안심'이 목적어로 쓰인 반면, 둘째 문장에서는 각각 '요구하다'와 '안심하다'라는 동사가 쓰였다. 따라서 첫째 문장은 다른 것이 아닌 요구를 하기 위해 책임자를 찾아간 것이고 요구가 받아들여지자 다른 것이 아닌 안심을 했다는 뜻인 반면, 둘째 문장은 직접 요구하기 위해 찾아갔으며 결국 요구가 받아들여져 안심했다는 뜻이다.

　내가 쓰려는 문장이 '하다' 동사가 주가 되는 문장인지 아니면 다른 동사가 주가 되는 문장인지 가려 써야 한다.

● 　―가(이) 되다

　논의가 된 사안들부터 발표하도록 하겠습니다.
　논의된 사안부터 발표하겠습니다.

　발견이 된 시점을 정확히 알려야 한다.
　발견된 시점을 정확히 알려야 한다.

　준비가 된 사수부터 사격 개시!
　준비된 사수부터 사격 개시!

　'논의가 된' 것과 '논의된' 것의 차이는 무엇일까? '발견이 된' 것과 '발견된' 것, 그리고 '준비가 된'과 '준비된' 것의 차이는?

　'논의가 된'과 '발견이 된', '준비가 된'에서는 '되다'가 동사로 쓰인 반면, '논의된'과 '발견된', '준비된'에서는 '되다'가 '−되다'라는 형태의 접미사로 쓰인 것이 겉으로 보이는 차이다. 하지만 '사랑을 할 때'와 '사랑할 때'처럼 다른 뜻으로 해석할 여지가 숨어 있는 건 아니다. 한 문장에 두 개 이상의 동사를 써야 하는 데다 문장도 길어진다면 굳이 '되다'를 동사로 써야 할 필요는 없겠다.

답장: 이젠 없는 나와 아직 없는 나

◇

무언가에 매혹된다는 것은 매혹적인 일입니다. 말장난을
하려는 게 아니라, 이런 식의 동어 반복이 아니고는 매혹에
대해 달리 설명할 길이 없어서 그렇습니다. 이를테면
무언가에 매혹된다는 것은 의미의 층위를 종단해서
결론에 이르는 행위가 아니라, 빛보다 더 빠른 속도로
무의미의 칸들을 횡단했다가 아무런 소득도 없이 허무하게
되돌아오는 것이니까요.

가령 이성의 외모에 매혹될 때 우리는, 그 외모를
만들기까지 무수히 반복되었을 유전자 결합을 일일이
되새긴 뒤에 비로소 흡족해하는 것이 아니라, 거꾸로, 다른
외모는 다 거쳤을 법한 그 지난한 과정을 간단히 생략한
것처럼 여겨지는 특별한 외모와 순간적으로 맞닥뜨리는 것
아닐까요. 이럴 때 그/그녀에게서만 느껴지는 특별함은
깊이가 없는 것이고, 그래서 설명할 길이 없는 특별함이죠.
심연과 달리 표면은 딱히 설명할 만한 내용을 갖지
못하니까요.

이를테면 도시의 날씨가 그렇습니다. 도시에서 날씨가
매혹적인 이유는 농촌에서와 달리 날씨가 별 역할을

하지 못하기 때문일 겁니다. 말하자면 들여다보고
해석해야 할 심연을 갖지 않아 오히려 매혹적인 셈이죠.
이야기처럼 도시의 날씨도 얼마든지 예측할 수 있지만
그렇다고 맥락이 있는 건 아니어서 '엉터리 이야기'라는
말은 가능해도 '엉터리 날씨'라고는 말할 수 없기에 더
매혹적이랄 수 있습니다. 요컨대 예측하고 설명하고
해석하는 모든 행위를 무색하게 만드는 거대한 표면이라는
점이 제가 도시의 날씨에 매혹되는 이유입니다.

그때의 표면은 심연 그 자체인 나를 비추는 거울 같은
표면이 아니라 마치 출판사에서 기념으로 찍어 내곤
하는, 표지만 멀쩡할 뿐 안에는 아무것도 인쇄되지 않은
멍텅구리 책처럼, 들여다볼 게 딱히 없어서 더 놀라운 텅
빈 표면이죠. 아무것도 인쇄되지 않았으니 당연히 페이지
순서대로 펼쳐 볼 필요가 없는데도 찬찬히 한 장 한 장
넘겨 보며 백지들을 읽는 듯한 제스처를 취하게 되듯, 날씨
앞에선 달리 읽어 낼 내용이 없는데도, 아니 그렇기에
더더욱 매혹당한 제스처를 취하게 되니까요.

말씀하신 대로 아우구스티누스는 과거를 '이젠 없는
시간'으로, 미래를 '아직 없는 시간'으로 규정했습니다.
그에게 과거란 기억할 수 있는 것이고, 미래란 기대할 수
있는 것이었죠. 기억할 수 있는 이젠 없는 시간과 기대할 수
있는 아직 없는 시간 사이 어디쯤에서 그는 글을 썼을
겁니다. 기억과 기대 사이에 무엇이 있었을까요. 아니

그는 어떤 시간에 어떤 자리에서 과거를 기억하고 미래를
기대할 수 있었을까요. 그런 시간이나 자리가 있었을까요.
혹시 기억의 자리에서 기대하고, 기대의 자리에서
기억한 것은 아니었을까요. 그렇다면 현재라는 건 환상에
불과한지도 모릅니다. 아니 어쩌면 현재라는 게 가장 지독한
환상일지 모르죠. 기억하는 나는 기대된 나이고, 기대하는
나는 기억된 나인지도 모르니까요. 기억이나 기대와는
아무런 상관이 없는 현재에서, 내가 과거의 나를 기억하고
미래의 나를 기대할 수 있다면, 기억이나 기대는 그 의미를
잃기 때문이죠. 기대가 빠진 기억이나 기억이 빠진 기대가
무슨 의미가 있겠습니까. 기억은 기대의 시선으로 바라볼
때만 의미가 있고, 기대는 기억의 시선으로 바라볼 때만
의미가 있잖겠습니까. 그렇다면 현재의 나는 없는 셈이
아닌가요. '이젠 없는 나'와 '아직 없는 나' 사이에 '여전히
없는 나'가 존재하는 것이 아닌가요.
그러니 만일 문장이 나를 매혹한다면 그건 문장 안에
'현재의 나'가 담겨 있지 않기 때문일 겁니다. 괜스레 심연인
척하지만 실은 허방에 불과한 '나' 대신 주어와 술어가
만드는 거대한 표면이 문장을 이룰 때 매혹을 느끼는 것이죠.

될 수 있는지 없는지

1) 1등이 될 **수 있는** 가능성이 얼마나 되는 거야?

2) 우리의 목적을 이루는 데 보탬이 될 **수 있는** 능력을 갖추고자 한다.

3) 그제야 나는 그 사실을 깨달을 **수 있었던** 것이다.

4) 안전하게 치료해 줄 **수 있는** 의사를 찾기 위해 텅 빈 도시를 샅샅이 뒤졌다.

5) 잠에서 깨어 내가 한데서 잠들었다는 사실을 깨달을 **수 있기**까지 한참이 걸렸다.

6) 마실 **수 있는** 것이 없어 목말라하는 사람들

7) 호르몬의 영향으로 엄마는 아기를 항상 긍정적인 시각으로 바라볼 **수 있게** 된다.

8) 우리가 느낄 **수 있었던** 불안은 촉박한 시간뿐만 아니라 사태의 심각성 때문이기도 했다.

'될 수 있는', '할 수 있는'은 동사의 어간에 '―ㄹ 수 있는'을 붙여 쓴 형태로, 이 또한 흔하게 볼 수 있는 중독성 강한 표현이다.(이 문장에도 들어 있다!) 문제는 가능성이나 능력에 목을 맬 필요가 없는 문장에서도 굳이 '될(할) 수 있는'을 고집한다는 데 있다. 한번 빼 보자.

1) 1등이 될 가능성이 얼마나 되는 거야?

2) 우리의 목적을 이루는 데 보탬이 될 능력을 갖추고자 한다.

3) 그제야 나는 그 사실을 깨달은 것이다(깨닫게 된 것이다).

4) 안전하게 치료해 줄 의사를 찾기 위해 텅 빈 도시를 샅샅이 뒤졌다.

5) 잠에서 깨어 내가 한데서 잠들었다는 사실을 깨닫기까지 한참이 걸렸다.

6) 마실 것이 없어 목말라하는 사람들

7) 호르몬의 영향으로 엄마는 아기를 항상 긍정적인 시각으로 바라보게 된다.

8) 우리가 느낀 불안은 촉박한 시간뿐만 아니라 사태의 심각성 때문이기도 했다.

전혀 이상하지 않다. 얼마든지 깔끔하게 읽히는 문장을 '쓸 수 있는'데도 불구하고 습관에 사로잡혀 그러지 못한다면 얼마나 안타까운가.

이렇듯 '될 수 있다'와 '할 수 있다' 모두 가능성과 능력을 나타낼 때 쓰는데, 가능성이 없는 경우에까지 남용하는 경우가 많아서 어색한 표현을 만들기도 한다. 가령 '할 수 있다'는 괜찮지만 '못할 수 있다'는 어딘지 어색하다. 같은 맥락에서 '알 수 있다'는 자연스럽지만 '모를 수 있다'는 어색하다. '큰 도움이 될 수 있다'는 이상하지 않지만 '큰 도

움이 안 될 수도 있다'는 어색하다. '그런 시도는 위험할 수
있다'도 어색한 표현이다.

못할 수 있다.
못할지도 모른다.

어떻게 그걸 **모를 수 있어?**
어떻게 그걸 모른다고 말할 수 있어?

큰 도움이 **안 될 수 있다.**
큰 도움이 안 될지도 모른다.

그런 시도는 자칫 **위험할 수 있다.**
그런 시도는 자칫 위험해지기 쉽다.

다음 문장들은 굳이 쓸 필요가 없는 자리에 '一ㄹ 수
있다'를 붙인 경우다.

해결 방법은 얼마든지 **다양할 수 있다.**
해결 방법은 다양하다.

그런 상황에서는 누구나 놀라는 게 **마땅할 수 있는** 것
이다.

그런 상황에서는 누구나 놀라는 게 마땅하다.

좋은 습관이 몸에 **밸 수 있도록** 도와준다.
좋은 습관이 몸에 배도록 도와준다.

두 선수 중 누가 **이길 수 있을까요?**
두 선수 중 어느 쪽이 이길까요?

내 표현이 **심했을 수 있어**. 사과할게.
내 표현이 좀 심했던 것 같아. 사과할게.

강연

다행히 강연장엔 청중이 적지 않았다. 대여섯 명 정도 앉아 있으려니 했는데 서른 명 정원을 다 채웠다. 여성이 많았지만 남성도 적지 않았고 나이대도 다양해 보였다. 그중 맨 앞줄에 앉은 20대로 보이는 청년이 인상적이었다. 강연이 시작되기 전부터 내게서 좀처럼 시선을 떼지 않더니 강연이 시작되면서는 내 말을 한 마디도 놓치지 않을 기세로 나를 뚫어져라 쳐다보았다. 이쪽에서 부담스러워 시선을 주기가 불편할 정도였다. 나는 되도록 그쪽을 의식하지 않으려 애쓰며 준비한 이야기를 늘어놓았다.

5분쯤 지났을까. 문제의 그 청년이 이번엔 연신 고개를 끄덕이는 것이 아닌가. 좀 지나치다 싶어 슬쩍 눈길을 주었는데, 졸고 있었다. 그냥 조는 것이 아니라 힘차게 졸고 있었다. 강렬한 눈빛의 소유자답게 열정적으로 고개를 주억거리며 졸았다. 뒤에 앉은 청중에겐 그가 마치 끝없이 고개를 끄덕이며 강사인 내 말에 격렬하게 동의하는 것처럼 보였으리라. 강연장 안에서 오직 강사인 나만이 그가 열정적으로 강의를 듣는 것이 아니라 단지 졸고 있을 뿐이라는 사실을 알 수 있었다. 왜냐하면 강연장에서 오직 나만이, 나를 바라보는 청중과 달리, 다른 쪽을 보고 있었기 때문이다. 나는 청중을 보고 있었다. 아니 어쩌면 나는, 나를 바라보는 청중을 보면서 청중의 표정에서 내 모습을 보고 있었는지도 모른다. 그러니 따지고 보면 청중과 나는 같은 걸 보고 있었던 셈이다. 오직 단 한 사람, 격렬하게 졸던 그 20대 청년만 빼고. 그는 강연 내내 아무것도 보지 않았으니까.

강연이 끝나고 나서 물을 한 모금 들이켜고 가방을 챙겨 일어서려는데 청중 가운데 한 명이 책을 들고 내게 다가왔다.

"사인을 좀⋯⋯."

"예? 아 예⋯⋯. 해 드려야죠."

책 안쪽 면지에 사인을 하고 다시 일어서려는데, 사람들이 사인을 받으려고 줄을 선 모습이 눈에 들어왔다. 사람들은 강연장에 자주 오는 모양인지 아무렇지 않은 표정으로 책을 들고 줄을 선 반면, 이런 경험이 처음인 나는 당혹감에 잠깐 허둥댔다.

그 뒤로는 단순 작업이 이어졌다. 성함이? 아무개요. 예, 고맙습니다. 성함이? 아무개요. 그런데 장소도 적어 주세요. 예, 그러죠. 고맙습니다. 성함이? 아무개요. 저는 아무개야 공부 열심히 하렴, 이라고 적어 주시면 안 될까요? 딸아이예요. 예, 그러겠습니다. 따님 이름이 아주 예쁘네요. 고맙습니다. 성함이?

"함인주라고 적어 주세요."

나는 손에 펜을 쥔 채로 천천히 고개를 들었다.

● 그, 이, 저, 그렇게, 이렇게, 저렇게

지시 대명사는 꼭 써야 할 때가 아니라면 쓰지 않는 게 좋다. '그, 이, 저' 따위를 붙이는 순간 문장은 마치 화살표처럼 어딘가를 향해 몸을 틀기 때문이다. 특히나 '그, 이, 저'가 한 문단에 섞여 쓰이면 문장은 이리저리 헤매게 된다.

젊은 날 아버지는 큰 실수를 저질렀다. **그** 실수가 아버지 인생을 어둡게 만들었다. **그** 어두움은 쉽게 가시지 않았을 뿐만 아니라 가족에게까지 나쁜 영향을 끼쳤다. **그** 영향을 가장 많이 받은 것이 바로 나였다. 나는 **그** 영향에서 벗어나려고 애썼지만 아버지 인생의 **그** 어두움이 결국 내 인생을 결정짓고 말았다.

젊은 날 아버지는 큰 실수를 저질렀다. **그** 실수가 아버지 인생을 **이렇게** 어둡게 만들었다. **이러한** 어두움은 쉽게 가시지 않았을 뿐만 아니라 가족에게까지 나쁜 영향을 끼쳤다. **그** 영향을 가장 많이 받은 것이 바로 나였다. 나는 **이** 같은 영향에서 벗어나려고 애썼지만 아버지 인생의 **이** 어두움이 결국 내 인생을 결정짓고 말았다.

첫째 문단에 쓰인 지시 대명사는 '그'뿐이다. 그 덕분에 문장들이 한쪽 방향으로만 고개를 돌린 것처럼 보인다. 물론 지시 대명사도 잘 쓰면 문장들이 질서 정연하게 보이는 효과를 낼 수도 있다. 하지만 습관처럼 남용한다면 역시 좋을 게 없다. 더군다나 둘째 문단에서처럼 '그, 이'뿐만 아니라 '이러하다' 같은 형용사까지 섞어 쓰면 정신없어진다.

젊은 날 아버지는 큰 실수를 저질렀다. 아버지 인생을 어둡게 만든 실수였다. 어두움은 쉽게 가시지 않았을 뿐만 아니라 가족에게까지 나쁜 영향을 끼쳤다. 가장 큰 영향을 받은 것이 바로 나였다. 나는 벗어나려고 애썼지만 아버지 인생에 드리워진 어두움이 결국 내 인생을 결정짓고 말았다.

악단은 노래 도입부를 아주 느리게 연주하기 시작했다. 신나는 리듬의 곡을 **이렇게** 해석하다니 정말 인상적이었다.

악단은 노래 도입부를 아주 느리게 연주하기 시작했다. 신나는 리듬의 곡을 느린 곡으로 해석하다니 정말 인상적이었다.

앞 문단에 쓰인 부사어 '이렇게'도 불쑥 튀어나온 지시 대명사처럼 기준점 없는 화살표같이 보인다. 글을 쓰는 자리가 곧 기준점이라고 생각해서 빚어지는 실수들이다. 문장의 기준점은 문장 안에 있지 문장 밖 글쓴이의 자리에 있지 않다.

● 여기, 저기, 거기

장소를 가리키는 지시 대명사 '여기, 저기, 거기'도 잘 못 쓸 경우 문장이 통째로 방향감각을 잃게 되니 가려 써야 한다. 글 안에 등장하는 인물이 대사 속에서 '여기, 저기, 거기'를 쓴다면 문제 될 것이 없지만, 그 밖의 문장에 등장하는 '여기, 저기, 거기'는 글쓴이가 손가락질하는 것처럼 보여 보기 좋지 않다. 다시 말하지만 문장의 중심점은 문장 안에 있지 문장 밖 글쓴이에게 있지 않기 때문이다.

여기가 내 고향이다. 서울 한복판이라 고향이라고 말하기는 좀 뭣하지만 그래도 **여기**서 태어나 유년 시절을 보내고 학교도 다녔다. 학교는 **여기**서 좀 떨어진 곳에 있었다. **거기**서 친구들도 사귀고 도서관에서 책을 빌려 보기도 했다.

이곳 ○○이 내 고향이다. 서울 한복판이라 고향이라고 말하기는 좀 뭣하지만 그래도 이곳에서 태어나 유년 시절을 보내고 학교도 다녔다. 학교는 이곳에서 좀 떨어진 곳에 있었다. 그곳에서 친구들도 사귀고 도서관에서 책을 빌려 보기도 했다.

같은 지시 대명사라도 '여기, 저기, 거기'보다는 '이곳, 저곳, 그곳'이 훨씬 객관적일 뿐만 아니라 글쓴이는 물론 읽는 이의 자리도 배려한 '지시'처럼 보인다.

"남자분인 줄 알았는데⋯⋯."

내가 말했다. 강연장 근처 커피 전문점 안에서 함인주 씨와 나는 녹차라테와 아메리카노를 사이에 두고 마주앉 았다.

"그래서⋯⋯ 실망하셨나요?"

녹차라테를 한 모금 마시고 천천히 잔을 내려놓으며 함인주 씨가 물었다.

"아니요, 그럴 리가요. 전 다만⋯⋯."

"농담이에요. 선생님도 이름만 들어서는 남자분이라 고 알아차리기 어려운걸요 뭐."

"그런가요?"

우연히 만나게 되더라도 마치 오랜만에 만난 친구처 럼 할 말이 많을 거라고 생각했는데, 막상 마주하고 보니 오래전에 헤어진 연인처럼 할 말이 없고 어색하고 부담스 러웠다.

"이렇게 불쑥 찾아올 거라곤 예상 못 하셨겠죠?"

함인주 씨가 물었다.

"그냥 한번 뵙고 싶었어요. 강연장에서 어떤 분인지 얼굴만 확인하고 돌아갈 생각이었는데 사인을 해 주신다

길래 얼떨결에 줄을 섰고 이름을 밝힐 수밖에 없었죠. 그 뿐이에요. 다른 의도는 없습니다."

"잘하셨어요. 저도 한 번은 뵙고 싶었습니다. 이런 경우가 흔치 않거든요. 아니, 처음이네요. 이 일을 20여 년 해 왔는데 저자나 역자와 이런 식으로 만나는 건…… 처음입니다."

"그런가요? 전 종종 겪으실 거라고 생각했는데……."

"저를 만나기 전에, 그러니까 선생님 원고에 제멋대로 덧칠을 하는 인간을 접하시기 전에, 교정 교열을 업으로 삼고 사는 사람을 만나 보신 적이 있나요? 아니 그런 직업이 있으리라고 생각해 보신 적이 있나요?"

함인주 씨의 눈동자가 오른쪽 위로 나란히 밀려 올라갔다.

"생각해 보니 없네요. 그런데 그게……."

"그만큼 저 같은 사람들은, 뭐랄까…… 음지에서 일한다는 뜻이죠. 당연히 저자를 만날 일도 거의 없고요."

"그럼, 지금은 매우 특별한 경우겠네요."

"물론이죠. 무척 특별한 경우죠."

"자기 문장이 그렇게 이상하냐고 물어 온 것도 이번이 처음인가요?"

"내 문장이 그렇게 이상했냐고 항의를 하신 분은 없지 않았지만 그렇게 이상하냐고 현재형으로 물은 분은 선생님이 처음이었습니다."

"그 답장을 받고 제가 그렇게 물었다는 걸 알았어요. 역시 문장을 다듬는 분답다 싶었죠. 미세한 차이도 놓치지 않으시더군요."

"피곤한 일이죠. 미세한 차이에 예민하게 반응하는 건 동물의 세계에선 포식자가 아니라 주로 잡아먹히는 초식동물의 몫이잖아요. 인간 세계에선 '을'들이 그러죠. 살아남으려면 어쩔 수 없으니까요."

"그런데 왜 저는 줄곧 제가 을이라고 생각했을까요? 선생님이 제 문장을 어떻게 봤을까 이번엔 또 어떤 부분을 수정하고 어떤 부분을 못마땅하게 여겼을까 고민했었죠. 지금 생각하니 제가 바보 같았군요."

"맞습니다. 누가 봐도 분명한 오탈자나 맞춤법에 맞지 않는 표기를 제외하고 단지 어색하다고 수정한 문장은 원래대로 되돌려 놓으라고 하면 그렇게 해 드릴 수밖에 없으니까요. 물론 계약서에 출판사의 작업 내용과 관련한 항목이 있긴 하지만 갑은 엄연히 저자죠. 저 같은 사람은 을 중의 을이고요. 이렇게 책을 내고 강연을 하는 게 어색할 정도로요."

함인주 씨의 표정에 그늘이 드리웠다.

"어쩐지 슬퍼지네요. 우린 문장 이야기를 나누지 않았던가요? '적의를 보이는 것들'에서부터 카프카와 아우구스티누스의 문장까지."

"맞습니다. 모든 문장이 바로 적의를 보이는 것들인

셈이죠."

"그런가요?"

자세를 고쳐 앉으며 내가 말했다.

"여섯 살 때였어요. 친구네 집에 놀러 갔다가 친구 엄마가 저를 무릎에 누이고 억지로 포도주를 먹인 일이 있었죠. 그날 그 집에서 포도주를 담갔거든요. 비틀거리며 집에 돌아와서 끙끙 앓았어요. 그때 꿈을 꾸었는데 비단 길을 엉덩이로 미끄러져 내려가다가 자갈밭을 엉덩이를 쿵쿵 찧으며 내려가기를 반복하는 꿈이었죠. 한 번은 비단 길이었다가 한 번은 자갈밭이었다가……."

"흥미로운 꿈이로군요. 어떤 의미일까요? 삶이 비단 길인 듯하다가도 어느새 자갈밭이 될 거라는 뭐 그런 뜻일까요?"

"저도 처음엔 그렇게 생각했는데……."

"그런데요?"

"선생님과 메일을 주고받다가 알게 되었습니다. 비단 길이든 자갈밭이든 평지라면 그렇게 미끄러져 내려갈 수가 없다는 걸 말이죠. 분명 급경사를 이루는 길이었을 겁니다. 그리고 비단 길일 때는 다른 고통 없이 내게 꽂힐 듯 날아오는 풍경에 얼이 빠졌을 테고 자갈밭일 때는 엉덩이가 찢어지는 고통 속에서 역시 돌처럼 와 박히는 풍경에 정신이 없었을 테죠. 그러니 반듯한 문장이 그 얼얼함이며 정신없음, 찢어지는 듯한 아픔을 제대로 표현할 수 있겠습니까. 말하자면 삶이 억지로 마신 포도주에 취해서 정신없이 미끄러져 내려가는 두 가지 길이라면, 표현은 그 과정에서 내지르는 비명이겠죠. 문장은 그 표현을 그럴듯하게 정리해 놓은 것이겠고요. 그러니 비명의 처지에선 그럴듯한 문장에 적의를 느끼지 않을 수 없겠죠."

그 순간 함인주 씨의 표정이 급격하게 어두워지는 걸 나는 보았다.

"비명이라…… 비명을 지르고 있었던 거로군요…… 비명을……."

문장은 손가락이 아니다 ②

● 그 어느, 그 어떤, 그 누구, 그 무엇

1) 다른 **그 어느** 것도 아닌 바로 그것

2) **그 어떤** 상황에 처하더라도 정신만 바짝 차리면 된다.

3) **그 자신**을 위해 모든 노력을 경주하는 것뿐이다.

4) **그 어느** 때보다도 상황이 좋지 않아 걱정이다.

5) 별안간 **그 존재**를 드러내고 말았다.

6) 그들은 적어도 **그 어떤** 겸손하고 순수한 면을 지녔다.

7) **그 누구**도 **그 자신**조차도 몰랐다.

8) **그 어떤** 타협도 받아들일 수 없다.

9) **그 누구**도 나를 대신할 수는 없다.

10) **그 무엇**도 슬픔에 빠진 사람들에겐 위로가 될 수 없었다.

11) 소수자 연대가 제안한 **그 어떤** 모임에도 정부 관계자들은 참석하지 않았다.

12) 다른 **그 어떤** 과목과 마찬가지로 수학도 외운다고 해결되는 과목이 아니다.

지시 대명사 '그'에 '어느', '어떤' 따위의 관형사를 붙이거나, '누구', '무엇' 같은 인칭 대명사나 지시 대명사를 붙여 쓰는 표현도 중독성이 제법 강하다. '그 어떤'이나 '그 어느', '그 누구도', '그 무엇도' 같은 표현은 한번 쓰기 시작하면 저도 모르게 자주 쓰게 된다.

앞의 문장들 중에서 지시 대명사 '그'나 '그 어떤'을 빼도 그만인 문장은 다음과 같다.

2) 어떤 상황에 처하더라도 정신만 바짝 차리면 된다.

3) 자신을 위해 모든 노력을 경주하는 것뿐이다.

4) 어느 때보다도 상황이 좋지 않아 걱정이다.

5) 별안간 존재를 드러내고 말았다.

6) 그들은 적어도 겸손하고 순수한 면을 지녔다.

8) 어떤 타협도 받아들일 수 없다.

12) 다른 과목과 마찬가지로 수학도 외운다고 해결되는 과목이 아니다.

그리고 남은 문장 가운데 첫 번째 문장 '다른 그 어느 것도 아닌 바로 그것'은 '그 어느'를 빼고, '다른 것도'를 '다른 것이'로 바꾸면 자연스럽다.

1) 다른 것이 아닌 바로 그것

일곱째 문장에서 '그 누구도 그 자신조차도 몰랐다'는 '그 누구도'를 '아무도'로 바꾸고 '그 자신조차도'를 '심지어는 자신도'로 바꾸는 게 낫다.

7)   아무도 심지어는 자신도 몰랐다.

　　아홉째 문장에서 '그 누구도 나를 대신할 수는 없다'는 '그 누구도'를 '아무도'로 바꾸는 게 낫다.

9)   아무도 나를 대신할 수는 없다.

　　열째 문장에서 '그 무엇도 슬픔에 빠진 사람들에겐 위로가 될 수 없었다' 역시 '그 무엇도'를 '아무것도'로 바꾸고 순서 또한 바꾸는 게 낫다.

10)   슬픔에 빠진 사람들에겐 아무것도 위로가 될 수 없었다.

　　열한째 문장에서 '소수자 연대가 제안한 그 어떤 모임에도 정부 관계자들은 참석하지 않았다'는 '그 어떤'을 빼는 대신 부사 '일절'을 집어넣는 게 낫다.

11)   소수자 연대가 제안한 모임에 정부 관계자들은 일절 참석하지 않았다.

　　예문에서 보듯 '그 누구도'는 '아무도'로, '그 무엇도'는

'아무것도'로 바꾸어 쓰면 좀 더 자연스러운 문장을 만들 수 있다. 이처럼 '아무'는 '누구'와 '무엇'을 대신할 수도 있지만 '어떤'을 대신할 수도 있다.

> **그 어떤** 조치도 취하지 않았다.
> 아무 조치도 취하지 않았다.

다만 '어떤 타협도 받아들일 수 있다'처럼 긍정문일 경우에는 '아무 타협도 받아들일 수 있다'로 바꿀 수 없다.

다시 함인주

그날 함인주 씨의 표정이 급격하게 어두워진 이유를 알게 된 건 일주일쯤 지난 뒤였다. 편집자를 만나 교정지를 전해 주는 자리에서 우연히 함인주 씨가 화제가 되었는데, 내가 함인주 씨를 만난 이야기를 전하자 편집자의 표정이 그날 함인주 씨의 표정만큼이나 어두워졌던 것이다.

"함인주 씨를 만나셨다고요? 일주일 전에요?"

"예, 강연장에 오셨더라고요. 실은 그 전에 여러 번 메일을 주고받았거든요."

"메일을요? 함인주 씨하고요?"

"예, 메일을 주고받을 때만 해도 남자분인 줄 알았는데 여자분이더군요."

편집자의 표정에 구멍이 뻥 뚫렸다.

"뭐가…… 잘못됐나요?"

나는 뭔가 이상한 기운이 느껴져 말끝을 흐렸다.

"함인주 씨는 남자분이고…… 실은 작년 여름에 돌아가셨어요. 간암이었죠. 진단받고 3개월 만에 그렇게 되셔서 저도 많이 놀랐더랬습니다. 전 알고 계신 줄 알았어요. 지난번에 함인주 씨 교정지만 가져가신 것도 그 때문인 줄 알았고요. 이상하긴 했지만 그날 하필 전화가 걸려 오는 바람에 더 묻지를 못했네요.”

편집자의 말에 따르면 내가 만난 사람은 고인의 부인이었다. 나와 메일을 주고받은 인물도 같은 사람이었다. 편집자에게 전화를 해서 내 메일 주소를 물었다는 것이다. 남편의 유품을 정리하다가 교정지를 발견했는데 내가 수정하고 다듬은 문장에 이런저런 표시와 메모를 해 놓았더라고. 그 양이 꽤 되었던 모양이다. 내게 다시 묻는 내용도 있었고 거침없이 엑스× 표시를 해 놓은 부분도 있었으며 문장에 대한 고민을 적나라하게 적어 놓은 부분도 있었단다. 실례가 안 된다면 메일로라도 문의를 해 보고 싶다고 해서 내 메일 주소를 알려 줬다고.

“그날 선배님이 함인주 씨 교정지를 보고 싶다고 하셔서 대충 눈치는 챘지만 일부러 모르는 척했어요. 고인의 부인이 정확하게 어떤 부분이 궁금해서 교정자 메일 주소까지 묻는지 알지 못한 데다 심각한 내용일 거라고는 생각하지 않았으니까요. 그저 고인의 유품이 어떤 의미인지 알고 싶은 정도려니 했죠.”

● —었던

동사의 과거형에 어미 '—던'을 붙여 관형형으로 만들어 쓰는 경우가 많다.

1) **배웠던** 내용을 다시 확인하는 것이 복습이다.

2) 자책에 빠져 **지냈던** 몇 해 동안 그는 우울증을 심하게 앓았다.

3) 어린 시절 외국에서 **보냈던** 시간들이 내겐 특별한 경험으로 남았다.

4) 내가 그 강좌를 **들었던** 것은 다 너를 위해서였어.

5) 내가 **겪었던** 그 많은 일들을 어떻게 설명해야 좋을지 모르겠다.

6) 10년 전 내가 아내와 처음 **만났던** 작은 공원에 가 보았다.

7) 내가 며칠 동안 보아 **왔던** 이 도시의 풍경이 어쩐지 현실 같지 않다.

8) 나는 내가 지금 하는 일을, 이미 어린 시절 친구들과 함께 하던 시절부터 **시작되었던** 작업의 연속으로 받아들였다.

9) 서울을 처음 **방문했던** 1990년, 그녀는 거대한 아파트 단지

에 놀라 한국의 아파트 문화를 연구해 보기로 마음먹었다
고 한다.

10) 나는 내가 방금 전까지 **생각했던** 것이 어느새 고리타분해지
는 걸 느꼈다.

우리말의 시제는 과거, 현재, 미래뿐이어서 한 문장에
과거형을 여러 번 쓰면 가독성도 떨어지고 문장도 난삽해
보인다. 가령 '내가 어렸을 때는 좁은 교실에서 난로를 피
워 가며 공부를 했어야 했다' 같은 문장은 '내가 어렸을 때
는 좁은 교실에서 난로를 피워 가며 공부를 해야 했다'로
바꿔 쓸 수 있다. 게다가 관형형은 다음의 수정된 예문들
처럼 과거형보다 현재형으로 쓰는 것이 훨씬 자연스럽다.
다만 여덟째 문장은 부사 '이미'를 뒤로 돌리고 '시절부터'
를 '시절에'로 바꾸면 더 자연스러워진다.

1) 배운 내용을 다시 확인하는 것이 복습이다.

2) 자책에 빠져 지낸 몇 해 동안 그는 우울증을 심하게 앓았다.

3) 어린 시절 외국에서 보낸 시간들이 내겐 특별한 경험으로
남았다.

4) 내가 그 강좌를 들은 건 다 너를 위해서였어.

5) 내가 겪은 그 많은 일들을 어떻게 설명해야 좋을지 모르
겠다.

6) 10년 전 내가 아내와 처음 만난 작은 공원에 가 보았다.

7) 내가 며칠 동안 본 이 도시의 풍경이 어쩐지 현실 같지 않다.

8) 나는 내가 지금 하는 일을, 어린 시절 친구들과 함께하던 시절에 이미 시작된 작업의 연속으로 받아들였다.

9) 서울을 처음 방문한 1990년, 그녀는 거대한 아파트 단지에 놀라 한국의 아파트 문화를 연구해 보기로 마음먹었다고 한다.

10) 나는 내가 방금 전까지 생각한 것이 어느새 고리타분해지는 걸 느꼈다.

● ─는가

'─는가'는 "현재의 사실에 대한 물음을 나타내는 종결 어미"다. 그러니 다음 문장들에 쓰인 '는가'는 어색하다. "'있다', '없다', '계시다'의 어간, 동사 어간 또는 어미 '─으시─', '─었─', '─겠─' 뒤에 붙어 막연한 의문이 있는 채로 그것을 뒤 절의 사실이나 판단과 관련시키는 데 쓰는 연결 어미"는 '─는가'가 아니라 '─는지'이다.

1) 자신의 상황이 어떻게 **전개되는가를** 눈여겨보았다.

2) 나는 그의 열정이 과연 무엇을 보여 주고자 **했는가를** 오랫동안 생각했다.

3) 나는 이 도시의 정체가 **무엇인가를**, 이 도시가 내게 끊임없이 영향을 미치는 그 힘이 **무엇인가를** 자문해 보았다.

4) 과연 어떤 방법으로 파국을 막을 수 **있는가를** 고민하고 있었다.

5) 이 땅의 주인이 **누구인가를** 보여 주기 위해서 오늘 우리가 나서는 것이다.

6) 왜 하고많은 사람들 가운데 그를 범인으로 **지목하는가라는** 질문을 받았다.

게다가 어미 뒤에 조사를 붙이는 건 자칫 어색할 수 있으니 목적격 조사 '을(를)'은 빼야 한다. 마지막 문장에서 '지목하는가라는'은 '지목하느냐는'으로 바꾸는 것이 자연스럽다.

1) 자신의 상황이 어떻게 전개되는지 눈여겨보았다.

2) 나는 그의 열정이 과연 무엇을 보여 주고자 했는지 오랫동안 생각했다.

3) 나는 이 도시의 정체가 무엇인지, 내게 끊임없이 영향을 미치는 이 도시의 힘이 무엇인지 자문해 보았다.

4) 과연 어떤 방법으로 파국을 막을 수 있을지 고민하고 있었다.

5) 이 땅의 주인이 누구인지 보여 주기 위해서 오늘 우리가 나서는 것이다.

6) 왜 하고많은 사람들 가운데 그를 범인으로 지목하느냐는 질문을 받았다.

집으로 돌아오는 길에 비척비척 걸어서 찾아간 곳은 국숫집이었다. 하지만 나는 역시 그 안으로 들어가지 못했다. 이번엔 문에 종이가 붙어 있었다.

개인 사정으로 임시 휴업 합니다.

나는 단지 잔치국수가 먹고 싶을 뿐이었다. 그런데 식당 안으로 들어서지도 못하게 되자 갑자기 많은 것이 그리워졌다. 주방 안에서 데면데면하게 나를 맞던 주인아주머니는 물론 한쪽에 단체 손님인 듯 무심하게 앉아 있던 가을 햇살이며 내 엉덩이를 척척하게 만들었던, 얼굴도 모르는 어린 친구가 쏟은 물에다 벽에 걸린 벽시계까지 모든 것이 사무치게 그리웠다. 물론 가장 그리운 것은 국물까지 후루룩 들이켰던 잔치국수였다. 나는 영원히 끊어지지 않는 길디긴 국수를 아주 오랫동안, 머리가 하얗게 셀 때까지 엉덩이를 깔고 앉아 들이켜고 싶었다. 다른 것은 일절 하지 않고 국수만 후룩후룩 들이켜고 싶었다.

국숫집을 뒤로하고 낙엽이 색종이처럼 날리는 길을 터덜터덜 걷고 있자니 난생처음으로 내가 지구 위를 걷고 있다는 느낌이 들었다. 가을이 나를 지구인으로 만들어 주었다. 엉덩이 꿈이나 다시 꾸었으면 좋겠다고 생각하며 나는 집을 향해 뚜벅뚜벅 걸었다.

시작할 수 있는 것과 없는 것

사랑하는 사람과 다투고 나면 함께 있기도 어색해진다. 게다가 상대가 훌쩍훌쩍 눈물을 흘리기까지 한다면 난감할 수밖에 없다. 이럴 때 '그 순간 여자 친구가 눈물을 흘리기 시작했다'라고 쓰는 건 이상하지 않다. 눈물을 흘리는 행위는 시작이 있고 전개가 이루어지고 절정에 이르렀다가 서서히 끝을 맺는 행동이기 때문이다. 하지만 '그 순간 둘 사이가 어색해지기 시작했다'라고 쓴다면 어쩐지 좀 어색해진다. '어색하다'라는 형용사는 시작과 전개, 절정, 끝맺음이 따로 없기 때문이다. 그냥 어색하고 어색하지 않고만 있을 뿐이다.

1) 색이 변하기 시작했다.
2) 마음이 변하기 **시작했다**.

색이 변하는 건 시작점이 분명한 변화여서 '시작하다'를 붙여도 이상할 게 없지만 마음이 변하는 건 나도 언제부터라고 꼭 집어 말할 수 없는 변화에 해당하니 '시작하다'를 붙이면 어색하다.

1) 색이 변하기 시작했다.

2) 마음이 변했다. (또는) 마음이 차츰차츰 변해 간다.

3) 사람들이 놀라기 **시작했다**.

4) 분위기가 어색해지기 **시작했다**.

5) 갑자기 슬퍼지기 **시작했다**.

　　놀람, 슬픔, 어색함, 민망함처럼 마음속에서 일어나는 움직임은 시작과 끝을 명시하기 어렵다. 따라서 '시작하다'를 붙이면 어색하다.

3) 사람들이 놀랐다.

4) 분위기가 어색해졌다.

5) 갑자기 슬퍼졌다.

6) 빗방울이 떨어지기 시작했다.

7) 선수들의 사기가 떨어지기 **시작했다**.

8) 재료가 동나기 **시작했다**.

9) 적들이 어느 순간 자취를 감추기 **시작했다**.

　　빗방울이 떨어지는 건 시작과 전개, 끝맺음이 있는 기후 변화이므로 '시작하다'를 붙여도 문제없다. 하지만 사기가 떨어지거나 재료가 떨어지는(동나는) 건 시작과 전개,

끝맺음이 따로 없는 변화이므로 시작한다고 표현하면 어색하다. 자취를 감추는 것 또한 마찬가지다.

6)　빗방울이 떨어지기 시작했다.

7)　선수들의 사기가 떨어졌다.

8)　재료가 동났다.

9)　적들이 어느 순간 자취를 감추었다.

10)　직원들이 하나둘 퇴근하기 **시작했다**.

11)　선발대가 출발하기 **시작했다**.

12)　시체들이 하나둘 움직이기 시작했다.

　　직원들이 순서를 정해서 차례차례 퇴근하거나 마치 이어달리기를 하듯 바통을 주고받으며 퇴근하는 건 아니다. 그러니 '시작하다'는 어울리지 않는다. '출발하다'는 '하고 있다' 항목에서도 설명했지만 행위를 하는 순간 이미 행위가 완결된다. 따라서 '출발하기 시작했다'라는 표현은 어색하다. 하지만 움직일 수 없는 시체가 움직였다면(물론 시체인 줄 알았는데 나중에 알고 보니 아니었겠지만) 그건 시작점이 분명히 존재하는 움직임이기 때문에 '시작하다'를 붙이는 것이 하나도 이상하지 않다.

10)　직원들이 하나둘 퇴근했다.

(또는) 직원들이 하나둘 퇴근하고 있다.

11)   선발대가 출발했다.

12)   시체들이 하나둘 움직이기 시작했다.

13)   소개받은 여자가 마음에 들기 **시작했다**.

14)   나는 벌써 그 일을 한 걸 후회하기 **시작했다**.

15)   사람들이 그 사실을 알아채기 **시작했다**.

마음에 들거나 후회하거나 알아채거나 하는 심리적인 변화는 '시작하다'와 어울리지 않는다.

13)   소개받은 여자가 마음에 들었다.

14)   나는 벌써 그 일을 한 걸 후회하고 있다.

15)   사람들이 그 사실을 알아챘다.

마지막 메일: 용서하세요

◇

뭐라고 사과의 말씀을 드려야 할지 모르겠네요. 용서하시지
않을 것 같기도 하고요. 그래도 사과를 드려야겠습니다.
죄송합니다. 용서하세요.

처음 남편의 유품 가운데에서 교정지를 발견했을 때만 해도
죽음을 눈앞에 둔 순간까지 이런 걸 붙들고 고통스러워했나
싶어 속상했습니다. 화가 나기도 했고요. 그러다 남편이
불쌍해졌습니다. 세상의 벽에 부딪혀 신음하는 존재
같았달까요.

교정지를 찬찬히 들여다보고 남편의 문장과 선생님이
다듬고 수정한 문장을 옮겨 적어 보기도 하면서 남편이
원했던 것이 자기만의 문장이었다는 생각이 들었습니다.
하지만 확신할 수 없었죠. 궁금해졌습니다. 그래서 선생님의
메일 주소를 알아냈고 편지를 보낸 겁니다. 말하자면 죽은
남편 대신 제가 선생님께 궁금한 걸 묻고 따질 걸 따진
셈이랄까요.

강연장에 간 이유는 그간의 사정을 설명하고 사과를 드리기
위해서였어요. 그런데 저를 보시자마자 대뜸 여자분인 줄
몰랐노라고 말씀하셔서 당황하기도 했고 무엇보다

실망시키고 싶지 않아서 그만…….

그리고 선생님의 꿈 이야기를 들으면서 남편이 결국
비명을 지르고 있었다는 걸 깨달았습니다. 그러자
부끄러워지더군요.

다시 한번 사과의 말씀을 드립니다. 용서하세요. 그 덕분에
남편에 대해서 더 깊이 알게 되었다면 조금이나마 위로가
될는지요. 그동안 고마웠습니다. 남편도 고마워할 겁니다.

말을 이어 붙이는 접속사는 삿된 것이다

김훈의 소설을 읽을 때면 공연한 걸 확인하게 된다. 가령 그리고, 그래서, 그러나 같은 접속 부사가 얼마나 쓰였는지, 혹은 보조사 '은, 는'과 주격 조사 '이, 가' 중 '이, 가'가 얼마나 많이 쓰였는지 따위들. 소설을 읽을 생각은 않고 엉뚱한 계산만 한다.

『남한산성』을 읽을 땐 400여 쪽에 이르는 소설에서 딱 한 번 '그러나'가 노출된 것을 보았는데, 『흑산』에서는 열다섯 개를 찾았다. 『남한산성』에 비하면 훨씬 많았지만 그래도 여전히 놀라운 숫자다. 미처 '이, 가'의 숫자까진 헤아리지 못했지만, 김훈의 소설에서는 불가피한 경우가 아닌 한 '이, 가'가 튀어나오는 일은 드물다.

접속 부사는 삿된 것이다. 그건 말이라기보다 말 밖에서 말과 말을 이어 붙이거나 말의 방향을 트는 데 쓰는 도구에 불과하다. 말을 내 쪽으로 끌어오거나 아니면 상대 쪽으로 밀어붙이려는 '꼼수'를 부릴 때 필요한 삿된 도구. 그러나 말이 이야기가 되는 데 없어서는 안 되는 필수 요소이기도 하다. 이야기란 원래 삿된 것이니까.

김훈은 좀처럼 이야기를 들려줄 생각을 하지 않는다. 세상의 삿된 이야기를 들려주기보다 삿된 세상에 대해 말하려고 애쓴달까. 삿된 세상은 삿된 말들이 차고 넘치는 세상이다. 게다가 삿된 말들은 삿된 방식으로 이리저리 뒤틀리고 접붙여지기 일쑤다. 그리고, 그래서, 그러나로 기워진 말들의 허접함이, 말하는 자 혹은 말해야 하는 자를 비참하게 만들 때 세상은 삿되다. 그 삿된 세상에서 주체는 오로지 주어의 자리를 차지하는 주격으로만 존재한다. '이, 가'가 지시하는 바로 그 대상. 서술어의 무게를 감당하지 못하거나 책임지지 못하는 주어로서만 '기능'하는 주체들. '나는 누구다'라고 말하지 못하고 '내가 좋아하는 것들이 나를 말해 준다'고 말하며, 스스로를 정의하기보다 성질과 취향이 대신 말해 주기를 바라는 주어들. 삿된 세상은 그런 주어들로 가득하다.

삿된 주어들은 지시 대명사나 인칭 대명사로 가리켜지는 존재들이기도 하다. 그, 그녀, 그것, 그들. 김훈은, 소설 문장에선 금기시하는 반복된 호명을 감수하면서까지 주체를 오직 이름으로만 불러낸다. '그'라거나 '그녀'라는 삿된 대명사를 좀처럼 쓰지 않는다. 주어라면 모를까 주체는 손가락질의 대상이 아니라는 것이리라. 그리고 김훈의 주체는 주어와 달리 첩질을 하지 않는다. 서술어를 여럿 거느리지 않는다는 얘기다. 주어 하나에 서술어 하나, 서술어가 둘 이상일 땐 주어를 반복해서 쓴다. '밥이 차가운 데다 되기까지 해서 씹어 삼키기가 힘들었다'라는 문장이라면 김훈은 아마도 '밥은 차갑고, 차가운 밥은 차지지 못

해서 밥을 삼키는 목은 그 차가움과 차지지 못함을 그대로
받아내느라 서럽고 처량했다'라고 쓸 것이다.

정약전은 흑산의 검을 흑 자가 무서웠으나, 무서움은 섬에
한정된 것은 아니었다. 흑 자의 무서움은 당대 전체에 대한
무서움과 같았다. 정약전은 그 무서움의 안쪽을 스스로 들
여다보았는데, 돌아가고 싶은 그리움의 흔적이 거기에 희미
하게 남아 있는 듯도 했다. 돌아갈 곳이 없이, 모두 무서운
세상인데, 그래도 돌아가고 싶은 마음의 흔적이 남아 있는
것은 고향 마재 마을 개울의 게와 흑산 개울의 민물 게가 모
양새가 같기 때문일 것이라고 정약전은 스스로에게 설명해
주었다.

흑산에 대한 무서움 속에는 흑산 바다 물고기의 생김새와
사는 꼴을 글로 써야 한다는 소망이 자리 잡고 있었다. 물고
기의 사는 꼴을 글로 써서 흑산의 두려움을 떨쳐낼 수도 없
고 위로할 수도 없을 테지만, 물고기를 글로 써서 두려움이
나 기다림이나 그리움이 전혀 생겨나지 않은, 본래 스스로
그러한 세상을 티끌만치나마 인간 쪽으로 끌어당겨 볼 수
있지 않을까 싶었다. 물고기의 사는 꼴을 적은 글은, 사장詞
章이 아니라 다만 물고기이기를, 그리고 물고기들의 언어에
조금씩 다가가는 인간의 언어이기를 정약전은 바랐다.

(김훈,『흑산』, 학고재, 2011, 336-337쪽)

김훈 또한 그렇게 바랐다. 물고기와 인간과 하늘이 똑같이 각자의 서술어를 당당히 감당해 내는 주체로 서기를, 하여 주체와 술어가 서로를 규정하면서도 서로를 넉넉히 감당해 내기를, 김훈은 바랐다. 하여 김훈은 '이, 가'로 주어를 불러내고 접속 부사로 그들의 성질을 이어 붙여서 술어로 설명해 내는 이야기꾼이기보다 말을 바로 세워 삿되지 않은 그 말이 세상을 넉넉히 감당해 내기를 바라는 접주와도 같다. "밥은 하늘이다"라는 문장을 꾹꾹 눌러써 가며 옮겨 적었던 그 접주. 하여 김훈체를 읽는 것은 무슨 비결祕訣을 읽는 것처럼 감당하기 어렵고 두려운 일이다. "크고 두려운 날들이 다가온다"라는 『흑산』의 문장이 고스란히 담겨 있을 것만 같은 그 비결을 읽는 일처럼.

마지막 답장: 당신은 쓰고 나는 읽습니다

◇

덕분에 고인과 메일을 주고받는 흔치 않은 경험을 다
해 봤네요. 고맙다고 해야 할지 안타깝다고 해야 할지……
처음부터 사정을 밝히고 궁금하신 점을 물을 수는
없었는지요.
지난 일을 탓해 뭐하겠습니까. 다만 한 가지는 묻고 싶습니다.
제게 보낸 메일의 문장 가운데 어디까지가 함인주 씨의
문장이고 어디부터가 당신의 문장인가요?
'내 문장이 그렇게 이상한가요?'라고 물었을 때, 아니
'내 문장이 그렇게 이상한가요?'라는 물음이 '내 문장을
쓴다는 게 과연 가능한 일인가요?'라는 물음으로
바뀌었을 때, 그 물음은 고인의 것이었나요 아니면 당신이
바꾼 건가요?
'내 문장'의 주인인 바로 그 '나'가 문장을 쓰는 나와 일치하지
않는다는 걸 보여 줄 작정이었나요, 따라서 '내 문장'이라고
쓰는 순간 나는 이미 치욕을 겪을 수밖에 없다는 걸 보여 줄
생각이었나요? 그렇다면 성공하셨군요. 적어도 저는 치욕을
느꼈으니까요. 게다가 이 치욕은 합의라는 배경조차 갖지
못하는 치욕이니 더 참을 수 없는 치욕이겠군요.

어쩌면 우리 둘 사이에서 고인이 '제3의 나'가 되어 우리가 쓴 문장의 숨겨진 주어 역할을 했는지도 모른다는 생각을 위안으로 삼겠습니다. 고인에게 이 말은 꼭 전해 주십시오. 당신의 문장은 전혀 이상하지 않다고요. 그리고 '당신'의 문장도 이상하지 않았습니다.

추신: 생각해 보니 제가 치욕을 느낄 일은 아니로군요. 교정지를 받을 때 편집자에게서 저자나 역자에 대한 간단한 설명을 듣곤 합니다. 가령 "워낙 글을 잘 쓰시는 분이니 수정할 게 많지 않을 겁니다"라거나 아니면 "처음 책을 내는 분인 데다 어색한 문장이 제법 많아서 고생을 좀 하셔야겠는걸요" 같은 말들이죠. 하지만 저는 그냥 흘려듣는 편입니다. 그 말에 일희일비하며 작업했다가는 실수를 할 게 뻔하기 때문이죠. 제아무리 종잇값을 올리는 문장가라도 늘 정확하고 수려한 문장만 쓸 수는 없을 테고 거꾸로 처음 책을 내는 사람이라고 해서 모든 문장이 절뚝거리는 건 아니니까요. 그래서 일부러도 글쓴이가 누구인지는 관심을 두지 않는 편입니다. 실제로 저자 약력은 주로 책날개에 들어가는데 그건 표지에 해당하는지라 맨 마지막에 작업을 하는 데다 대개 편집자가 알아서 하는 편이라 제가 신경을 쓰지 않아도 상관이 없습니다.

함인주 씨가 되었든 함인주 씨 부인이 되었든 제가 신경

쓸 건 없겠지요. 누구의 문장이든 저는 그저 읽고 다듬거나
아니면 의견을 말하면 그뿐이니까요. 그렇게 생각하니
마음이 편해졌습니다.

고인의 명복을 빕니다. 그리고 교정지에 적어 놓으신 메모
중에 미처 묻지 못한 것이 있다면 언제든 메일을 주시면
성심껏 답변해 드리겠습니다.

언제나처럼 당신은 쓰고 나는 읽습니다.

문장을 쓸 때 유의해야 할 점은 한두 가지가 아니다. 주어와 술어가 호응하도록 배치해야 하고 관형사나 부사처럼 꾸미는 말은 각각 체언과 용언 앞에 제대로 놓아야 하며 수와 격을 일치시켜야 하는 등 신경 써야 할 것들이 적지 않다.

하지만 이 모든 것을 아우르는 가장 기본적인 원칙이 있다. 너무 당연해서 원칙이라고 여기지 못하는 원칙. 그건 누구나 문장을 쓸 땐 왼쪽에서 오른쪽으로 그리고 위에서 아래로 써 나간다는 것이다.

이 말은 누구나 문장을 읽을 땐 왼쪽에서 오른쪽으로 그리고 위에서 아래로 읽어 나간다는 얘기와 다르지 않다. 실제로 문장을 읽는 방법은 그것밖에 없다. 그러니 문장을 쓰는 방법도 그와 다를 수 없다.

더군다나 한국어 문장은 영어와 달리 되감는 구조가 아니라 펼쳐 내는 구조라서 역방향으로 되감는 일 없이, 왼쪽에서 오른쪽으로 계속 풀어내야 한다. 영어가 되감는 구조인 이유는 관계사가 발달했기 때문이다. 관계 부사나 관계 대명사를 통해 앞에 놓인 말을 뒤에서 설명하며 되감았다가 다시 나아가는 구조가 흔할 수밖에 없다. 반면 한국어에서 관계사라고 할 만한 건 체언에 붙는 조사밖에 없다. 따라서 한국어 문장은 되감았다가 다시 나아갈 이유가 없다.

The man who told me about the murder case that had happened the other day was found being dead this morning.
일전에 벌어진 살인 사건에 대해 내게 이야기해 준 그 남자가 오늘 아침 주검으로 발견되었다.

앞의 영어 문장이 관계사를 중심으로 두 번이나 되감기면서 의미를 확장해 나아갔다면, 한국어 문장은 계속 펼쳐졌다. 영어 문장이 되감기는 공간으로 의미를 만들었다면 한국어 문장은 펼쳐 내는 시간으로 의미를 만든 셈이다. 그러니 한국어 문장은 순서대로 펼쳐 내면서, 앞에 적은 것들이 과거사가 되어 이미 잊히더라도 문장을 이해하는 데 문제가 없어야 한다. 그러려면 문장 요소들 사이의 거리가 일정해야 한다.

계속 걸어간 나는 마침내 목표 지점에 도착했다.
나는 계속 걸어서 마침내 목표 지점에 도착했다.

첫째 문장은 주어인 '나'를 수식하는, 동사 '걸어가다'의 관형형 '걸어간'과 그걸 수식하는 부사 '계속'이 만든 문구 '계속 걸어간 나는'이 만드는 거리와, 그 뒤로 이어진 '마침내 목표 지점에 도착했다'가 만드는 거리가 다르다. 앞의 거리가 상대적으로 밭은 느낌이다. 이렇게 거리가 일정하지 않으면 뭔가 펼쳐지지 않았다는 인상을 줄 수밖에 없다. 둘째 문장처럼 거리가 일정하게 펼쳐 낸 경우와 비교하면 그 차이가 확연해진다.

또한 잊지 말아야 할 것은 문장의 주인이 문장을 쓰는 내가 아니라 문장 안의 주어와 술어라는 사실이다. 문장의 주인이 나라고 생각하고 글을 쓰면 기본적인 정보를 제공하지 않고 넘어가게 되거나(왜냐하면 나는 이미 다 알고 있으니까), 문장의 기준점을 문장 안에 두지 않고 내가 위치한 지점에 두게 되어 자연스러운 문장을 쓰기가 어려워진다.

'나는……'이라고 쓰는 순간 글을 쓰는 '나'는 이미 자신과는 다른 '나'를 창조하는 셈이다. 인형을 가지고 노는 아이들이 자신의 인형에게 이름도 지어 주고 옷도 입혀 주고 집도 지어 주는 것처럼 내가 쓰는 문장의 주인에게 나 또한 적당한 거처를 마련해 주고 성격도 부여해 주고 할 일도 만들어 주어야만 한다. 그래야 왼쪽에서 오른쪽으로 온전하게 펼쳐지는 글을 쓸 수 있다.

가을의 끝

메일은 다시 오지 않았다.

어느덧 가을도 끝나 가고 있었다. 몇 차례 비가 내리더니 금세 날씨가 차가워졌다. 겨울옷을 꺼내 입기엔 뭣하고, 그렇다고 가을 옷을 계속 입자니 서글픈, 참으로 애매한 날들이 지나고 있었다. 나는 내복을 꺼내 입으면서까지 가을 점퍼와 바지를 고집했다. 기온이 아직 영하로 떨어지지 않았다는 게 이유였다.

계절이 변하면서 세상이 쓰는 문장의 색깔이 변하는 게 느껴졌다. 냄새도 달라졌다. 하지만 나는 더 이상 세상을 문장으로 여기지 않게 되었다. 나무는 나무고 사람은 사람이고 승용차는 승용차고 고양이는 고양이일 뿐이었다. 각각의 역할 같은 건 없었다. 물론 나도 마찬가지였다.

바람 때문에 옷깃을 한껏 여미며 길을 걷다가 나도 모르게 걸음을 멈추었다. 그러고는 다섯 걸음쯤 뒤로 돌아갔다. 국숫집 안에서 주인아주머니가 벽에 걸린 달력을 넘기고 있었다. '개인 사정으로 임시 휴업 합니다'라는 종이는 보이지 않았다. 나는 유리창을 통해 아주머니를 잠깐 바라보다가 몸을 돌려 가던 길을 계속 갔다. 하늘이 꼭 울기 직전의 표정처럼 우중충하니 금방이라도 눈이 내릴 것만 같았다.

노래는 자기에게 맞는 노래를 자기 색깔로 부르는 게 아름
다운 것이다.
자기에게 맞는 노래를 자기 색깔로 부를 때 비로소 노래는
아름다운 것이 된다.

첫째 문장은 문장을 이루는 요소들을 왼쪽에서 오른
쪽으로 순서대로 읽어 나가면서 이해할 수 있게 배치하지
않았다. 그나마 '노래는 아름다운 것이다', '자기에게 맞는
노래를 자기 색깔로 부르는 것' 이 두 가지 표현이 문장 안
에 왼쪽에서 오른쪽으로 펼쳐졌을 뿐이다. 따라서 이 두
가지 표현을 중심으로 문장이 왼쪽에서 오른쪽으로 온전
히 펼쳐지도록 다듬어야 한다. 둘째 문장처럼.

갑자기 나는 아버지의 삶의 수수께끼를 푸는 일에 더 이상
흥미를 갖지 않게 되었다. 내가 알고자 했던 모든 것을 이미
나는 알게 되었다.
아버지 삶의 수수께끼를 푸는 일에 나는 갑자기 흥미를 잃
게 되었다. 내가 알고 싶어 했던 것을 이미 다 알았기 때문
이다.

마찬가지로 첫째 문장에서 왼쪽에서 오른쪽으로 제대로 펼쳐진 표현을 고르자면 '갑자기 흥미를 갖지 않게 되었다', '더 이상 흥미를 갖지 않게 되었다', '아버지의 삶의 수수께끼를 푸는 일', '내가 알고자 했던 모든 것', '이미 나는 알게 되었다' 등이다. '갑자기 흥미를 갖지 않게 되었다'와 '더 이상 흥미를 갖지 않게 되었다'는 내용이 겹치니 정리해야 하고, '갑자기 나는 아버지의 삶의 수수께끼를 푸는 일에 더 이상 흥미를 갖지 않게 되었다'와 '내가 알고자 했던 모든 것을 이미 나는 알게 되었다' 이 두 문장이 미처 이어지지 않았으니 논리적으로 연결해야 한다. 그리고 '아버지 삶의 수수께끼를 푸는 일에'가 '나는 흥미를 잃게 되었다'보다 앞서야 자연스럽게 읽힌다.

> 부모 주도의 과도한 사교육은 결국 공부에 대한 흥미 상실로 나타나고 학교 부적응을 만들 수 있다.
> 부모 주도의 과도한 사교육은 결국 아이가 공부에 흥미를 잃고 학교생활에 적응하지 못하게 만들 수 있다.

'부모 주도의 과도한 사교육은 (…) 만들 수 있다'만이 '왼쪽에서 오른쪽으로'라는 원칙에 부합하는 표현이다. 그러니 나머지 표현을 다듬으면 된다. '공부에 대한 흥미 상실'과 '학교 부적응' 모두에 주어가 없다. 주어를 넣어서 다시 정리하고 앞의 표현과 연결하면 둘째 문장처럼 이어진다.

그는 좁은 침대 밑에서 여자가 문간에서 방문자들과 말하는 것과 그 사내들의 목소리가 다가오는 것을 들었다.
그는 좁은 침대 밑에서 여자가 문간에서 방문자들과 말하는 소리와 그 사내들의 목소리가 점점 다가오는 소리를 들었다.

'그는 좁은 침대 밑에서 들었다', '여자가 문간에서 방문자들과 말하는 것', '그 사내들의 목소리가 다가오는 것'이 왼쪽에서 오른쪽으로 펼쳐진 표현들이다. 그러니 침대 밑에서 두 가지 소리를 들은 셈인데 다만 문제가 되는 건 그중 한 소리가 움직였다는 것이다. 시간상으로는 여자가 문간에서 사내들과 말을 나눈 게 먼저고 그 사내들이 방 안을 살피기 위해 뭐라고 말하면서 들어선 게 나중이다. 공간상으로는 문간에서 들리는 소리가 더 멀고 사내들이 들어서며 내는 목소리는 더 가깝다. 그걸 표현해야 한다. 물론 왼쪽에서 오른쪽으로 읽어 가면서 자연스럽게 이미지를 떠올릴 수 있도록 말이다.

그녀가 초인종을 울리자 천천히 그녀의 엄마가 문을 열고 손잡이를 꽉 잡은 채 꼼짝하지 않고 어두운 현관에 서 있었다.

그녀가 초인종을 울리자 그녀의 엄마가 나와 천천히 문을 열고는 손잡이를 꽉 잡은 채 어두운 현관에 꼼짝하지 않고 서 있었다.

'초인종을 울리자', '그녀의 엄마가 손잡이를 꽉 잡은 채 꼼짝하지 않고 어두운 현관에 서 있었다', '그녀의 엄마가 문을 열고' 등이 '왼쪽에서 오른쪽으로'에 부합한다. 이런 문장은 시간 순서대로 표현하는 게 관건이다. 초인종을 울리면 누군가 안에서 나와 문을 여는 것이 자연스러운 순서이리라. 그리고 부사 '천천히'는 '문을 열고' 앞에, '꼼짝하지 않고'는 '서 있었다' 앞에 오는 것이 '왼쪽에서 오른쪽으로'에 부합하는 배치다.

주사위 두 개짜리 확률 문제를 풀 수 있는 능력을 가진 고등학생이 놀랍게도 우리나라에 10퍼센트밖에 없다.
우리나라 고등학생 가운데 주사위 두 개짜리 확률 문제를 풀 수 있는 학생은 놀랍게도 10퍼센트밖에 안 된다.

'주사위 두 개짜리 확률 문제를 풀 수 있는 고등학생이 (10퍼센트밖에) 없다'가 이 문장에서 왼쪽에서 오른쪽으로 읽어 나갈 수 있는 표현이다. 문제는 괄호 안에 넣은 퍼센트다. 백분율이 나오면 당연히 '백'에 해당하는 집단이 명시되어야 한다. 그런데 첫 문장에는 그 '백'이 분명하게 명시되지 않았다(그래서 괄호 안에 넣었다). 그러니 '고등학생이 놀랍게도 우리나라에 10퍼센트밖에 없다'라는, '왼쪽에서 오른쪽으로'에 전혀 부합하지 않는 표현을 다듬어서 다시 써야 한다. 쓰는 사람이나 읽는 사람 모두 제대로 놀랄 수 있으려면 말이다.

열 문장 쓰는 법
못 쓰는 사람에서 쓰는 사람으로
김정선 지음

유유의 스테디셀러『내 문장이 그렇게 이상한가요?』와『동사의 맛』을 쓴 문장수리공 김정선의 글쓰기 안내서. 저자는 글쓰기가 어려운 이유는 우리가 한국어 문장을 잘 구사한다고 착각하고 있기 때문이라고 지적하면서 글쓰기가 '나만의 것'을 '모두의 언어'로 번역하는 행위임을 이해하고, 한국어 문장 쓰는 일에 익숙해져야 한다고 말한다. 최소한 열 문장 정도는 무리 없이 써 내려 갈 수 있도록, 못 쓰는 사람에서 쓰는 사람이 되도록 함께 연습하자고 제안하는 책.

우리말 어감사전
말의 속뜻을 잘 이해하고 표현하는 법
안상순 지음

사전 편찬의 장인이 국어사전에 다 담지 못한 우리말의 '속뜻'. 확실히 검증된 객관적인 의미만을 간결하게 수록하는 사전에서는 쉽게 드러내기 어려웠던 편찬자의 고민과 생각이 알뜰하게 담겨 있다. 가령 '가치'와 '값어치', '헤엄'과 '수영'은 비슷하지만 어감, 뉘앙스, 말맛, 쓰임 등이 다르다. 하지만 지금의 사전은 이 섬세한 차이를 제대로 보여 주지 못한다. 저자는 사람들이 흔히 쓰는, 뜻과 쓰임에 공통점이 있는 낱말들을 찾아 모으고 속뜻을 궁리해서 어감의 차이가 발생하는 지점을 명확하게 보여 준다.

언어는 말로 명료하게 표현할 수 있는 '명시적 지식'이라기보다 무의식에 내면화된 '암묵적 지식'이기에 우리는 이미 비슷한 단어를 구분해 쓰면서도 그 말들이 왜 다르며 무엇이 다른지 설명하지 못한다. 이 책은 바로 이런 상황에서 명쾌한 답을 주는 지침서가 될 것이며, '찾아보는 사전'을 넘어 '읽는 사전'의 가능성을 보여 준다.

내 문장이 그렇게 이상한가요?
: 내가 쓴 글, 내가 다듬는 법

2016년 1월 24일   초판 1쇄 발행
2024년 10월 24일   초판 51쇄 발행

지은이
김정선

펴낸이   **펴낸곳**   **등록**
조성웅   도서출판 유유   제406-2010-000032호(2010년 4월 2일)

                주소
                경기도 파주시 돌곶이길 180-38, 2층 (우편번호 10881)

전화   **팩스**   **홈페이지**   **전자우편**
031-946-6869   0303-3444-4645   uupress.co.kr   uupress@gmail.com

                페이스북   **트위터**   **인스타그램**
                www.facebook   www.twitter   www.instagram
                .com/uupress   .com/uu_press   .com/uupress

편집   **디자인**   **마케팅**
조편   이기준   전민영

제작   **인쇄**   **제책**   **물류**
제이오   (주)민언프린텍   다온바인텍   책과일터

ISBN 979-11-85152-43-1 03800